शेक्सपियर
की
बाल कहानियाँ

शेक्सपियर की बाल कहानियाँ

चार्ल्स एवं मैरी लैंब

द्वारा शेक्सपियर के नाटकों का सरल कहानी रूपांतरण

प्रभात पेपरबैक्स
www.prabhatbooks.com

प्रकाशक
प्रभात पेपरबैक्स
प्रभात प्रकाशन प्रा. लि. का उपक्रम
4/19 आसफ अली रोड, नई दिल्ली-110002
फोन : 23289777 • हेल्पलाइन नं. : 7827007777
इ-मेल : prabhatbooks@gmail.com ❖ वेब ठिकाना : www.prabhatbooks.com

संस्करण
2022

चित्रांकन
रामेंद्र

अनुवाद
रमाशंकर सिंह

मूल्य
दो सौ पचास रुपए

मुद्रक
आर-टेक ऑफसेट प्रिंटर्स, दिल्ली

★

SHAKESPEARE KI BAAL KAHANIYAN
(Hindi translation of TALES FROM SHAKESPEARE)

Published by **PRABHAT PAPERBACKS**
An imprint of Prabhat Prakashan Pvt. Ltd.
4/19 Asaf Ali Road, New Delhi-110002

ISBN 978-93-5521-073-9

₹ 250.00

अनुक्रम

	पात्रों की सूची	7
1.	समुद्री तूफान	11
2.	एक मध्य ग्रीष्म रात्रि का स्वप्न	28
3.	निरर्थक भाग-दौड़	43
4.	जैसी आपकी इच्छा	62
5.	वेनिस का व्यापारी	77
6.	मैकबेथ	97
7.	बारहवीं रात या जैसी तुम्हारी इच्छा	110
	प्रश्न	126

पात्रों की सूची

समुद्री तूफान

प्रॉस्पेरो : मिलान का ड्यूक

एंटोनियो : उसका भाई और अवैध ड्यूक

नेपल्स का राजा

फर्डिनैंड : उसका पुत्र

मिरांडा : प्रॉस्पेरो की पुत्री

एरियल : प्रॉस्पेरो की सेवा करनेवाली एक आत्मा

कैलिबान : एक शैतान

एक अर्धग्रीष्म रात्रि का स्वप्न

थीसियस : एथेंस का ड्यूक

ईजियस : एथेंस का एक नागरिक

डिमित्रियस : एक युवा एथेंसवासी

लिसेंडर : एक ग्रामीण

हर्मिया : ईजियस की पुत्री

हेलेना : उसकी सहेली

ओबेरॉन : परियों का राजा

पक : ओबेरॉन का सलाहकार

टिटानिया : परियों की रानी

निरर्थक भाग-दौड़

लियोनाटो : मेसीना का गवर्नर

पेड्रो : अरागोन का राजकुमार

क्लाउडियो : फ्लोरेंस का एक सामंत

बेनेडिक : पडुआ का एक सामंत

जॉन : पेड्रो का सौतेला भाई

हीरो : लियोनाटा की पुत्री

बीट्राइस : लियोनाटो की भतीजी

जैसा आप चाहें

फ्रेडरिक : अवैध ड्यूक

असली ड्यूक : उसका बड़ा भाई

ओरलैंडो : सर रोलैंड डि बॉयज का छोटा पुत्र

ओलिवर : उसका बड़ा भाई

रोजालिंड : असली ड्यूक की पुत्री, जिसने गैनीमीड नामक युवक का छद्म वेश धारण किया था

सेलिया : फ्रेडरिक की पुत्री, जिसने गैनीमीड की बहन एलीना का नकली नाम धारण किया था

वेनिस का व्यापारी

वेनिस का ड्यूक

एंटोनियो : वेनिस का एक युवा व्यापारी

बासैनियो : उसका मित्र

ग्रेटियानो : बासैनियो का सभ्य सेवक

शाइलॉक : ब्याज पर पैसे देनेवाला यहूदी

पोर्टिया : बेलमांट में रहनेवाली एक स्त्री और बासैनियो की पत्नी

नेरिसा : पोर्टिया की नौकरानी

मैकबेथ

डंकन : स्कॉटलैंड का राजा

मैकबेथ : ग्लैमिस का सामंत, डंकन की सेना का एक सेनानायक

बैंको : डंकन का एक अन्य सेनानायक

मैकडफ : फाइफ का सामंत

लेडी मैकबेथ : मैकबेथ की पत्नी

तीन चुड़ैलें

बारहवीं रात या जैसी तुम्हारी इच्छा हो

ओर्सिनो : इलीरिया का ड्यूक

सेबेस्टियन : मेसालिन का एक युवक

एंटोनियो : समुद्री जहाज का कप्तान एवं सेबेस्टियन का मित्र

वियोला : सेबेस्टियन की जुड़वाँ बहन, जो नौकर सिजेरियो का रूप धारण करती है

ओलिविया : एक धनी स्त्री, जिससे ड्यूक ओर्सिनो प्रेम करता है।

1

समुद्री तूफान

समुद्र में एक द्वीप था, जिसमें एक गुफा थी। उस गुफा में दो लोग रहते थे, जिनमें एक था बूढ़ा प्रॉस्पेरो और दूसरी थी उसकी अत्यंत रूपवती पुत्री मिरांडा। वह गुफा कई भागों में बँटी हुई थी, जिसके एक भाग में प्रॉस्पेरो का अध्ययन कक्ष था। प्रॉस्पेरो अपनी सारी पुस्तकें उसी स्थान पर रखता था। उसकी अधिकतर पुस्तकें जादू-टोने से जुड़े विषयों की थीं। प्रॉस्पेरो ने अपने जादू के ज्ञान को अत्यंत उपयोगी पाया, क्योंकि इस द्वीप पर वह अचानक पहुँच गया था। साइकोरैक्स नामक एक जादूगरनी ने उस द्वीप को अपने वश में कर रखा था और वहाँ उसने अनेक अच्छी आत्माओं को बड़े-बड़े वृक्षों में कैद किया हुआ था, क्योंकि उन्होंने उसके बुरे कामों में उसका साथ देने से इनकार कर दिया था। प्रॉस्पेरो ने अपने जादू के ज्ञान से उन सभी अच्छी आत्माओं को मुक्त कर दिया था और वे सभी उसके सेवक बन गए थे। एरियल उन सभी अच्छी आत्माओं का प्रमुख था।

एरियल एक मेधावी नन्ही आत्मा था, जो स्वभाव से बुरा नहीं था, लेकिन उसे कैलिबान नामक एक शैतान को सताने में बड़ा मजा आता था। कैलिबान एरियल के पुराने दुश्मन साइकोरैक्स का बेटा था। प्रॉस्पेरो ने एक दिन उसे जंगल में खोज लिया था। कैलिबान एक विचित्र प्राणी था, जो देखने में किसी आदमी की बजाय बड़े से बंदर की तरह दिखाई

देता था। प्रॉस्पेरो कैलिबान को अपनी गुफा में ले आया और उसे बोलना सिखाया। लेकिन वह कैलिबान के साथ अधिक नरमी से पेश नहीं आता था, क्योंकि अपनी माँ से विरासत में मिली बुरी आदतें कैलिबान को अच्छी या उपयोगी आदतें सीखने की इजाजत नहीं देती थीं। यही कारण था कि प्रॉस्पेरो उसके साथ गुलामों जैसा व्यवहार किया करता था। कैलिबान जंगल से लकड़ियाँ लाने जैसे सारे कठिन काम किया करता था। उससे सारा दिन काम लेने की जिम्मेदारी एरियल पर थी। एरियल अपने स्वामी प्रॉस्पेरो के अतिरिक्त अन्य सभी की आँखों से अदृश्य रहती थी। उसे कोई अन्य व्यक्ति देख नहीं सकता था।

कैलिबान जब भी कभी अपने काम से जी चुराता या काम करने से इनकार करता था, एरियल उसके पास चुपके से रेंगती हुई पहुँच जाती और उसे कसकर पकड़ लेती थी, जिससे उसे बड़ी पीड़ा होती थी। इसके बाद वह कैलिबान को कीचड़ में फेंक देती थी। इसके बाद एरियल एक बंदर का रूप धारण कर लेती और कैलिबान को चिढ़ाती थी। कैलिबान जब भी कभी अपने काम से टाल-मटोल करता, एरियल उसे इसी तरह सताती थी।

वहाँ कैद शक्तिशाली आत्माओं पर अपने स्वामित्व के कारण प्रॉस्पेरो हवाओं को और समुद्र की लहरों को उनके माध्यम से नियंत्रित कर सकता था। वह उन्हें समुद्र में तेज तूफान लाने का निर्देश देता और उस तूफान के बीच फँसे बड़े जहाज को अपनी बेटी को दिखाता था। जहाज समुद्र में उठनेवाली भयानक लहरों के बीच हिचकोले खाने लगता, जो उसे किसी भी क्षण निगल जाने को तैयार रहती थीं।

"मिरांडा, यह जहाज हमारे-तुम्हारे जैसे जीवित प्राणियों से भरा हुआ है।" प्रॉस्पेरो ने घोषणा की।

"ओह, पापा!" मिरांडा ने उसे संबोधित करते हुए कहा, "यदि इस

भयानक तूफान को आपने अपने जादू के माध्यम से उत्पन्न किया है तो उन यात्रियों के ऊपर दया कीजिए। वे सभी समुद्र में डूब जाएँगे, क्योंकि उनका जहाज दो टुकड़ों में टूट गया है।"

"तुम चिंता मत करो, मिरांडा।" प्रॉस्पेरो ने उत्तर दिया, "उन्हें कोई नुकसान नहीं हुआ है। मैंने लहरों को आदेश दिया है कि जहाज में बैठे किसी भी आदमी को कोई हानि नहीं होनी चाहिए। मैंने जो कुछ भी किया है, वह सब तुम्हारे लिए ही किया है, मेरी प्यारी बच्ची! तुम्हें इस बात की कोई जानकारी नहीं है कि तुम कौन हो और कहाँ की रहनेवाली हो! तुम तो इसके अलावा भी और कुछ नहीं जानतीं कि मैं तुम्हारा पिता हूँ और यहाँ इस गुफा में तुम्हारे साथ रह रहा हूँ। क्या तुम्हें याद है कि यहाँ आने से पहले हम लोग कहाँ रहते थे? मैं नहीं सोचता कि तुम्हें याद होगा, क्योंकि उस समय तुम तीन साल की भी नहीं थीं।"

"मुझे सचमुच याद है, पापा।" मिरांडा ने कहा, "वैसे, वह केवल किसी सपने की याद जैसा दिखाई देता है। लेकिन क्या यह सच नहीं है कि चार या पाँच स्त्रियाँ मेरी देखभाल करती थीं?"

"वह तो ठीक है, लेकिन तुम्हारी सेवा करनेवाली स्त्रियों की संख्या उससे अधिक थी।" प्रॉस्पेरो ने उत्तर दिया, "लेकिन यह सब तुम्हें कैसे याद है? क्या तुम याद करके बता सकती हो कि हम यहाँ कैसे आए थे?"

"नहीं, पापा। मुझे इसके अलावा और कुछ भी याद नहीं है।" मिरांडा ने उत्तर दिया।

"बारह साल पहले मैं मिलान का राजा था।" प्रॉस्पेरो ने अपनी बात शुरू की, "तुम राजकुमारी थीं और मेरी इकलौती संतान थीं। मैं अपने सबसे छोटे भाई एंटोनियो पर बहुत विश्वास करता था, इसलिए मैंने अपना सारा कार्यभार उसे सौंप दिया था, क्योंकि मैं शांत रहकर एकांत

में गहन अध्ययन करना चाहता था। इसलिए मैंने राज्य के प्रबंधन का दायित्व तुम्हारे चाचा और अपने झूठे भाई (जो आगे चलकर सिद्ध भी हुआ) को सौंप दिया था। दुनियादारी के कामों में अरुचि होने के कारण मैंने खुद को अपनी पुस्तकों के बीच व्यस्त कर लिया और अपना पूरा ध्यान अपने मन के विकास पर केंद्रित कर दिया। मेरे भाई एंटोनियो को जैसे ही मेरी शक्तियाँ प्राप्त हुईं, उसने खुद को राजा समझना प्रारंभ कर दिया। उसने मेरे सबसे बड़े शत्रु और नेपल्स के शक्तिशाली राजा की सहायता से मुझे मेरे वैध अधिकारों से वंचित कर दिया।"

"लेकिन उन लोगों ने हमारी हत्या क्यों नहीं की?" मिरांडा ने पूछा।

"उनकी हिम्मत नहीं हुई, मेरी बच्ची।" उसके पिता ने उत्तर दिया।

"मेरे प्रति मेरी प्रजा का प्रेम इतना अधिक था कि एंटोनियो हमें नष्ट नहीं कर सका। इसलिए उसने हमें एक जहाज पर बैठा दिया और जब हम समुद्र के बीच कुछ दूर पहुँचे तो उसने हमें एक नाव पर बैठने के लिए विवश कर दिया, जिसमें न तो कोई पतवार थी और न ही रस्सियाँ थीं। उसने हमें समुद्र में मरने के लिए छोड़ दिया था। लेकिन मेरे दरबार के एक दयालु मंत्री, जिसका नाम गोंजैलो था, का शुक्रिया कि हम लोग जीवित बच गए। उसने मेरी नाव में चुपके से पानी, खाना, कपड़े और मेरे प्राणों से भी अधिक प्यारी मेरी कुछ पुस्तकें रख दी थीं।"

"ओह, पापा!" मिरांडा ने कहा, "उस समय तो मैं भी आपके लिए बड़ी परेशानी का कारण थी!"

"नहीं, बेटी," प्रॉस्पेरो ने उत्तर दिया, "वास्तव में, तुम्हीं वह नन्ही व खूबसूरत बच्ची थीं, जिसकी मुसकानों ने मुझे साहस के साथ अपने दुर्भाग्य से लड़ने की शक्ति दी थी। मेरी नाव पर रखा गया भोजन इस वीरान द्वीप तक पहुँचने के लिए पर्याप्त था और यहाँ पहुँचने के बाद से तुम्हें पढ़ाने में मुझे बहुत खुशी हुई। मुझे यह कहने में संतोष है कि तुमने

अच्छी तरह पढ़ाई की और बड़ी जल्दी ही सबकुछ सीख लिया।"

"ईश्वर की ओर से आपका बहुत धन्यवाद, पापा।" मिरांडा बोली, "लेकिन आप मुझे यह बताइए कि आपने समुद्र में तूफान लाने का आदेश किस कारण से दिया था?"

"मैंने ऐसा इसलिए किया था, ताकि मेरे शत्रु, मेरा बुरा भाई और नेपल्स का राजा भटकते हुए इस द्वीप पर पहुँच जाएँ।" प्रॉस्पेरो ने रहस्योद्घाटन करते हुए अपनी जादुई छड़ी से मिरांडा को बड़े आराम से छुआ, जिससे वह तत्काल सो गई। इसका कारण यह था कि उसी समय एरियल अपने स्वामी को तूफान के बारे में विस्तृत आवश्यक सूचना देने के लिए वहाँ आ चुकी थी और वह यह भी बताना चाहती थी कि उसने जहाज के चालक दल के साथ क्या किया था! यद्यपि मिरांडा के सामने आत्माएँ हमेशा अदृश्य ही रहती थीं, फिर भी प्रॉस्पेरो नहीं चाहता था कि उसकी पुत्री उसे हवा में किसी से बातें करते हुए देखे।

एरियल ने प्रॉस्पेरो को बताया कि किस प्रकार राजा के पुत्र एवं राजकुमार फर्डिनैंड ने सबसे पहले समुद्र में छलाँग लगाई थी। उसके पिता ने सोचा कि उसका प्रिय पुत्र समुद्र में डूब गया और उसने उसे खो दिया।

"लेकिन वह पूरी तरह सुरक्षित है।" एरियल ने अपने स्वामी को बताया, "वह द्वीप के किनारे बैठकर अपने पिता की मृत्यु का शोक मना रहा है, क्योंकि वह सोचता है कि उसका पिता समुद्र में डूब गया है। राजकुमार को जरा सी भी कोई क्षति नहीं पहुँची है, अर्थात् उसका कोई बाल भी बाँका नहीं हुआ है।"

"युवा राजकुमार को यहाँ ले आओ, ताकि मेरी बेटी उसे अवश्य देखे।" प्रॉस्पेरो ने उसे अपने पास लाने का एरियल को आदेश दिया, "राजा और मेरा भाई कहाँ हैं?"

"जब मैं वहाँ से चली थी, उस समय वे दोनों फर्डिनैंड की खोज कर रहे थे।" एरियल ने उत्तर दिया, "लेकिन इस बात की कोई आशा नहीं है कि वे दोनों उसे खोज पाएँगे। जहाज के सभी नाविक सुरक्षित हैं; यद्यपि प्रत्येक नाविक यही सोचता है कि केवल वही अकेला जीवित बचा है, क्योंकि मैंने उन सबको अलग कर दिया है। जहाज भी बंदरगाह पर पूरी तरह सुरक्षित है, यद्यपि वह किसी को दिखाई नहीं दे रहा है।"

"तुमने अपना काम बड़ी अच्छी तरह से पूरा किया है, एरियल।" प्रॉस्पेरो ने आत्मा की प्रशंसा करते हुए कहा, "लेकिन अभी भी बहुत सारा काम किया जाना बाकी है!"

"बहुत सारा काम ?" एरियल ने चकित होते हुए पूछा, "मैं आपको यह बात अवश्य याद दिलाना चाहूँगी, मेरे मालिक, कि आपने यह काम पूरा होने के बाद मुझे मुक्त करने का वचन दिया था। क्या मैंने बिना कोई शिकायत किए आपकी सेवा नहीं की ? न तो मैंने कभी आपसे कभी कोई झूठ बोला है और न ही कभी कोई गलती की है।"

"क्या ?" प्रॉस्पेरो चिल्लाया, "क्या तुम भूल गई हो कि मैंने तुम्हें कितनी तकलीफ सहकर आजाद कराया था ? मुझे लगता है कि तुम उस बूढ़ी चुड़ैल साइकोरैक्स को भूल गई हो, जो अपनी ईर्ष्या और आयु के कारण दोहरी हो गई है! तुम मुझे बताओ कि वह कहाँ पैदा हुई थी ?" प्रॉस्पेरो ने उससे पूछा।

"अल्जीयर्स में, श्रीमान।" एरियल ने उत्तर दिया।

"अब वह कहाँ है ?" प्रॉस्पेरो ने पूछा, "मुझे लगता है कि अब मुझे तुम्हें वे सारी बातें याद दिलानी पड़ेंगी, जिन्हें तुम भूल गई हो। साइकोरैक्स को अल्जीयर्स से इसलिए भगा दिया गया था, क्योंकि उसने वहाँ अनेक बुरे काम किए थे। नाविक उसे इसी द्वीप पर छोड़कर चले गए थे और तुम इतनी दुर्बल आत्मा थीं कि उसने तुम्हें अपने गलत

आदेशों का पालन करने के लिए एक पेड़ में यहाँ कैद कर रखा था, जहाँ से मैंने तुम्हें रोते हुए खोजा था। उस कष्ट को याद करो, जिससे मैंने तुम्हें मुक्ति दिलाई थी!"

"मुझे क्षमा कर दीजिए, मालिक।" शर्मिंदा एरियल ने उत्तर दिया, "मैं आपके आदेशों का पालन करूँगी।"

"ऐसा ही करो और एक दिन मैं तुम्हें आजाद कर दूँगा।" प्रॉस्पेरो ने उसे वचन दिया। उसने एरियल को अन्य आदेश दिए, जिन्हें पूरा करने के लिए वह वहाँ से चली गई। एरियल उस स्थान पर पहुँची, जहाँ फर्डिनैंड शोकाकुल अवस्था में बैठा था।

एरियल ने अपने मन में विचार किया, 'नवयुवक, तुम्हें अब अनिवार्यत: लेडी मिरांडा के पास ले जाया जाएगा, जहाँ वह तुम्हारी प्यारी सूरत देखेगी।' इसके बाद एरियल ने गाना शुरू किया। फर्डिनैंड ने उस जादुई आवाज का पीछा किया और वहाँ उस विशाल वृक्ष के नीचे पहुँच गया, जिसकी छाया में प्रॉस्पेरो और मिरांडा बैठे हुए थे। इससे पहले मिरांडा ने अपने पिता को छोड़कर कभी किसी अन्य पुरुष को नहीं देखा था। उसने खूबसूरत फर्डिनैंड को अच्छी तरह देखा।

"तुम क्या देख रही हो, मिरांडा?" प्रॉस्पेरो ने उससे पूछा।

"ओह, पापा!" विस्मित होते हुए मिरांडा ने कहा, "निश्चय ही वह कोई आत्मा है! उधर उस तरफ देखिए, कितनी सुंदर आकृति है वह!"

"नहीं, मेरी बच्ची!" उसके पिता ने उत्तर दिया, "वह बिल्कुल हमारी ही तरह है और हमारी तरह खाता, पीता व सोचता है। यह नौजवान उसी जहाज पर था। यदि मुसीबतों ने इसे इतना व्यथित न कर दिया होता तो इसे खूबसूरत भी कहा जा सकता था। यह अपने खोए हुए साथियों को खोज रहा है।"

मिरांडा का विचार था कि सभी पुरुष उसके पिता की तरह सफेद

दाढ़ी और गंभीर मुखाकृतिवाले होते हैं। इसलिए इस युवा एवं छबीले नौजवान राजकुमार की वेशभूषा ने उसे अपनी ओर आकर्षित कर लिया। फर्डिनैंड ने सोचा कि रूपवती मिरांडा इस जादुई द्वीप की देवी थी और उसने उसे बड़े आदर के साथ संबोधित किया। मिरांडा ने उसे उत्तर देते हुए कहा कि वह कोई देवी नहीं, बल्कि एक सामान्य लड़की है तथा वह उसे कुछ और भी बताना चाहती है। इसी बीच प्रॉस्पेरो ने उसे टोक दिया। वह इस बात से खुश था कि दोनों एक-दूसरे की प्रशंसा कर रहे थे और यह भी कि उन्हें पहली ही नजर में एक-दूसरे से प्रेम भी हो गया था!

प्रॉस्पेरो ने फर्डिनैंड के मार्ग में कुछ रोड़े डालकर उसके प्रेम की परीक्षा लेने का निर्णय किया। उसने युवा राजकुमार से कर्कश स्वर में कहा कि वह एक चोर की तरह इस द्वीप पर आ गया है, ताकि वह इसके असली स्वामी प्रॉस्पेरो से इसे हड़प सके।

"मेरे पीछे आओ।" प्रॉस्पेरो ने फर्डिनैंड को आदेश दिया, "तुम्हें बाँधकर रखा जाएगा और पीने के लिए केवल समुद्री जल तथा खाने के लिए शंख का रस एवं सूखी जड़ें मिलेंगी।"

"नहीं," फर्डिनैंड ने अपनी तलवार निकालकर विरोध करते हुए कहा, "मैं तब तक लड़ूँगा, जब तक कि कोई अन्य शक्तिशाली शत्रु नहीं आ जाता।"

लेकिन प्रॉस्पेरो ने अपनी जादुई छड़ी से उसे जमीन पर ला दिया और वह जरा सा भी हिल-डुल नहीं सका।

"ओह, पापा!" मिरांडा रोती हुई दौड़कर अपने पिता के पास गई, "आप इतने निर्दयी क्यों हैं? इसके ऊपर दया कीजिए! यह केवल दूसरा व्यक्ति है, जिसे मैंने अब तक देखा है और मुझे ऐसा प्रतीत होता है कि यह मुझसे सच्चा प्रेम करता है।"

"खामोश!" प्रॉस्पेरो ने उसे आदेश दिया, "अब तुम एक भी शब्द

नहीं बोलोगी! तुम अपने ही पिता के विरुद्ध एक चोर के पक्ष तथा उसके समर्थन में बोल रही हो! तुम्हें क्या लगता है कि दुनिया में इसके अलावा अन्य अच्छे लोग नहीं हैं, क्योंकि तुमने अभी तक केवल इसे और कैलिबान को ही देखा है!"

प्रॉस्पेरो ने अपनी पुत्री से यह बात उसके प्रेम की परीक्षा लेने के लिए कही थी।

मिरांडा ने उत्तर दिया, "पापा, मुझे किसी अन्य अच्छे आदमी को देखने की कोई इच्छा नहीं है।"

प्रॉस्पेरो ने फर्डिनैंड को अपने पीछे आने का आदेश दिया। फर्डिनैंड यह सोचकर चकित था कि वह प्रॉस्पेरो के इशारों पर नाच रहा था। वह प्रॉस्पेरो के साथ उसकी गुफा में गया और जब तक वह देख सका, मिरांडा को ही देखता रहा।

फर्डिनैंड ने अपने मन में सोचा, 'लगता है, मानो मैं कोई विचित्र स्वप्न देख रहा हूँ। लेकिन यदि मैं इस सुंदर कुँआरी युवती को अपनी जेल से दिन में केवल एक बार भी देख सका तो इस विचित्र आदमी की धमकियों की मुझे कोई परवाह नहीं है।'

लेकिन प्रॉस्पेरो ने फर्डिनैंड को अधिक समय तक गुफा में कैद करके नहीं रखा। उसे जल्द ही वहाँ से बाहर ले जाया गया और कठिन काम करने के लिए सौंप दिया गया। प्रॉस्पेरो ने सुनिश्चित किया कि उसके इस निर्णय की जानकारी मिरांडा को भी हो। इसके बाद पढ़ाई के बहाने वह अपनी लाइब्रेरी में चला गया। परंतु वह गुप्त रूप से दोनों पर अपनी दृष्टि रखे हुए था। फर्डिनैंड को भारी लकड़ी के टुकड़ों की तह लगाने का काम सौंपा गया था। किंतु फर्डिनैंड जैसे राजकुमारों को कठोर शारीरिक श्रम करने की आदत कहाँ होती है! मिरांडा ने अपने नए प्रेमी को थककर निढाल होते हुए देखा।

"अरे, श्रीमान!" उसने आवाज दी, "इतना कठोर परिश्रम मत कीजिए! मेरे पिताजी अभी पढ़ाई कर रहे हैं और तीन घंटे से पहले वह अपनी लाइब्रेरी से बाहर नहीं आएँगे। आप थोड़ा आराम कर लीजिए!"

"नहीं, " फर्डिनैंड ने उत्तर दिया, "मैं आराम करने से पहले हर हालत में अपना काम पूरा कर लेना चाहता हूँ।"

"यदि आप आराम करेंगे तो कुछ समय तक आपकी लकड़ियाँ मैं ढोऊँगी।" मिरांडा ने उसे प्रस्ताव दिया। लेकिन फर्डिनैंड ने उससे अपना काम करवाने से इनकार कर दिया। पर मिरांडा ने उससे कहा कि यदि तुम मेरी सहायता नहीं लोगे तो मैं तुम्हें भी काम नहीं करने दूँगी। दोनों के बीच यह बातचीत काफी देर तक चली, जिसके कारण लकड़ियाँ ढोने की प्रक्रिया में थोड़ी शिथिलता आ गई।

प्रॉस्पेरो ने उन दोनों के बीच हुई प्रत्येक बात सुन ली थी। उसने उससे उसका नाम पूछा, जिसे मिरांडा ने उसे बता दिया और उसने उससे यह भी कहा था कि वह अपना नाम बताकर अपने पिता के आदेशों की अवहेलना कर रही थी। प्रॉस्पेरो अपनी बेटी को पहली बार अपने आदेशों की अवहेलना करते हुए देखकर खुश हुआ, क्योंकि उसी ने अपने जादू से मिरांडा को अचानक फर्डिनैंड से प्यार करने के लिए प्रेरित किया था। इसलिए वह मिरांडा से कतई नाराज नहीं था। इसकी बजाय उसे यह सुनकर बड़ी प्रसन्नता हुई कि फर्डिनैंड ने लंबी वार्त्ता करने के बाद मिरांडा से कहा था कि उसने अब तक जितनी भी युवतियाँ देखी हैं, उनमें से सर्वाधिक प्रेम वह उसी से करता है।

"मुझे किसी स्त्री का चेहरा याद नहीं है।" मिरांडा ने उत्तर दिया, "मैंने अब तक केवल दो पुरुषों को देखा है, जिनमें एक तुम हो और दूसरे मेरे पिताजी हैं। आप मेरी इस बात पर विश्वास कीजिए कि जब मैं आपसे यह बात कह रही हूँ, मेरी दुनिया में आपके अतिरिक्त किसी अन्य को

अपना जीवनसाथी बनाने की कोई इच्छा नहीं है। लेकिन मुझे भय है कि मैं अपने पिता के आदेशों को अनदेखा करते हुए आपके साथ कुछ अधिक ही खुलकर बात कर रही हूँ।"

'चीजें ठीक मेरी योजना के अनुसार जा रही हैं।' प्रॉस्पेरो ने मुसकराते हुए अपने आप से कहा, 'मेरी बेटी जल्द ही नेपल्स की रानी बनेगी!'

इसके बाद फर्डिनैंड ने राजपरिवारों के रिवाज के अनुसार मिरांडा के साथ अत्यंत सभ्य एवं सौम्य भाषा में एक अन्य लंबी वार्त्ता की। उसने उसे बताया कि वह जल्द ही नेपल्स का अगला राजा बनेगा और उसकी इच्छा है कि मिरांडा उसकी रानी बने। मिरांडा ने अपनी सहमति जताई और इससे पूर्व कि फर्डिनैंड अपनी प्रतिक्रिया दे पाता, प्रॉस्पेरो वहाँ पहुँच गया।

"किसी भी बात की चिंता मत करो, मेरी बच्ची! मैंने सारी बातें सुन ली हैं और उन्हें अपनी स्वीकृति भी दे दी है।" उसने मिरांडा से कहा और उसके बाद फर्डिनैंड को संबोधित करते हुए बोला, "यदि मैंने तुम्हारे साथ इतना अधिक रूखा व्यवहार किया है तो उसकी भरपाई मैं अपनी बेटी का हाथ तुम्हारे हाथ में देकर करूँगा। तुम्हें इतनी तकलीफ केवल इसलिए दी गई, ताकि मैं अपनी बेटी के प्रति तुम्हारे प्रेम की परीक्षा ले सकूँ, और तुम इस परीक्षा में बड़ी अच्छी तरह उत्तीर्ण हुए हो। इसलिए मेरी बेटी को उपहार के रूप में स्वीकार करो और इस बात को हमेशा याद रखना कि यह सभी प्रकार की प्रशंसा से ऊपर रहनेवाली लड़की है।"

इसके बाद प्रॉस्पेरो ने उन्हें बताया कि उसे अब वहाँ से जाना होगा, क्योंकि उसे किसी अन्य स्थान पर कुछ काम है। वह दोनों प्रेमियों को एक-दूसरे के साथ बातें करने के लिए छोड़कर वहाँ से चला गया।

वहाँ से जाने के बाद प्रॉस्पेरो ने एरियल को बुलाया, जिसने प्रॉस्पेरो को सूचित किया कि उसने एंटोनियो और नेपल्स के राजा को लगभग पागल कर दिया था, क्योंकि उसने उन दोनों को ऐसी विचित्र चीजें दिखाई

व सुनाई थीं, जिन्हें देखकर वे दोनों पागल-से हो गए थे। जब वे दोनों इधर-उधर भटकते-भटकते थककर चूर हो गए और भूख के मारे अधमरे हो गए थे तो एरियल ने उनके सामने स्वादिष्ट व्यंजन परोस दिए। लेकिन अभी वे खाना शुरू ही करने वाले थे कि एरियल ने पंखोंवाले एक बड़े राक्षस का रूप धारण कर लिया और सारा भोजन खुद ही खा गया। उस समय तो उनकी हैरानी का ठिकाना ही न रहा, जब राक्षस बने एरियल ने उनसे बातें करते हुए उन्हें उनके पुराने दुष्कृत्यों की याद दिलाई। उसने उन्हें याद दिलाया कि किस प्रकार उन दोनों ने मिलकर प्रॉस्पेरो को उसके अपने ही देश से उसकी नन्ही सी बेटी के साथ देश से निकाल दिया था और उसे तथा उसकी बेटी को छोटी सी नाव में बैठाकर समुद्र में मरने के लिए छोड़ दिया था।

नेपल्स के राजा एवं एंटोनियो दोनों को उसकी बातें सुनकर अत्यंत दुःख हुआ और अपने किए गए निर्मम कृत्य के लिए उन्हें पश्चात्ताप होने लगा। एरियल ने अपने मालिक को बताया कि वह निश्चित तौर पर यह बात कह सकता है कि उनका अपराध-बोध वास्तविक था और यद्यपि वह भी एक प्रेत होने के बावजूद उनके प्रति हमदर्दी जताने के अतिरिक्त उनकी अन्य कोई सहायता नहीं कर सका। प्रॉस्पेरो ने एरियल को आदेश दिया कि वह उन दोनों को तत्काल उसके पास लेकर आए।

"यदि तुम एक प्रेत के रूप में भी उनके बारे में करुणा दिखा सकते हो तो निश्चय ही मैं भी एक मनुष्य होने के नाते उनके साथ दयालुतापूर्ण व्यवहार करूँगा।" उसने एरियल से कहा।

एरियल वहाँ से चला गया और शीघ्र ही एंटोनियो, नेपल्स के राजा एवं बूढ़े गोंजैलो के साथ वापस आया। तीनों उसके मोहक संगीत का स्वर सुनते हुए उसके पीछे-पीछे खिंचे चले आए। गोंजैलो वही आदमी था, जिसने प्रॉस्पेरो एवं मिरांडा की जान बचाने के लिए उसकी नाव में पानी, भोजन और पुस्तकें पहुँचाई थीं। तीनों लोग इतने अधिक भयभीत थे कि वे

प्रॉस्पेरो को पहचान भी नहीं पाए। प्रॉस्पेरो ने सबसे पहले गोंजैलो को उसके नाम से पुकारा और उसे अपना परिचय दिया, क्योंकि गोंजैलो ने ही उसकी जान बचाई थी। एंटोनियो और नेपल्स का राजा उसके बाद ही प्रॉस्पेरो को पहचान सके। एंटोनियो की आँखों से आँसुओं की धारा बहने लगी और वह जोर-जोर से रोने लगा। उसने अपनी वास्तविक शर्मिंदगी एवं दुःख का प्रदर्शन किया और अपने भाई से क्षमा-याचना करने लगा। नेपल्स के राजा ने भी उसके षड्यंत्र में साथ देने के लिए प्रॉस्पेरो से माफी माँगी। प्रॉस्पेरो ने उन दोनों को क्षमा कर दिया और जब उन्होंने उसकी पदवी एवं संपत्ति लौटाने का वचन दिया तो उसने सबसे पहले नेपल्स के राजा को संबोधित करते हुए कहा, "मेरे पास भी तुम्हारे लिए एक उपहार है।" उसने उस कमरे का द्वार खोलते हुए कहा, जिसमें उसका पुत्र फर्डिनैंड मिरांडा के साथ बैठा हुआ था।

दोनों पिता-पुत्र एक-दूसरे को देखकर अत्यंत प्रसन्न हुए, क्योंकि प्रत्येक ने एक-दूसरे के समुद्र में डूब जाने के बारे में सोचा था। नेपल्स का राजा भी अपने पुत्र के समान मिरांडा के सौंदर्य को देखकर अत्यंत चकित था।

"यह युवती अवश्य ही कोई देवी है, जिसने पहले हम दोनों को अलग किया और बाद में एक-दूसरे से दोबारा मिला भी दिया।" उसने घोषणा की।

"जी नहीं।" फर्डिनैंड ने मुसकराते हुए उत्तर दिया, क्योंकि उसके पिता ने भी वही भूल की थी, जो पहले उसने की थी।

"यह केवल एक स्त्री है और ईश्वर की इस कृपा को धन्यवाद कि अब यह मेरी पत्नी बनने वाली है। मैंने इसका चयन आपकी अनुमति के बिना किया, क्योंकि मैं आपके जीवित होने के प्रति आश्वस्त नहीं था। यह मिलान के राजा प्रॉस्पेरो की पुत्री है। यहाँ जो सज्जन खड़े हैं और जिनके

बारे में मैंने बहुत कुछ सुना है, वही मिलान के राजा हैं। इन्होंने मुझे नई जिंदगी दी है और मुझे अपनी बेटी देने के साथ ही ये मेरे दूसरे पिता भी बन गए हैं।"

"तब तो मैं भी इसका पिता हूँ।" नेपल्स के राजा ने कहा, "लेकिन अपने ही बच्चों से क्षमा-याचना करना कितना अजीब लगता है!"

"बस, इतना ही पर्याप्त है!" प्रॉस्पेरो ने कहा, "आइए, अब हम लोग अपने अतीत के दुःखों को भुला दें, क्योंकि अंत भला तो सब भला।"

उसने अपने भाई एंटोनियो का चुंबन लिया और उसे यह कहते हुए एक बार फिर क्षमा कर दिया कि सर्वशक्तिमान ईश्वर ने उसे घर से बाहर इसलिए भेज दिया था, ताकि मेरी बेटी एक दिन नेपल्स की रानी बन सके। एंटोनियो लज्जा एवं पीड़ा के वशीभूत होकर रो पड़ा और एक भी शब्द नहीं बोल पाया। प्रॉस्पेरो ने अपने अतिथियों को कैलिबान द्वारा उपलब्ध कराए गए भोजन एवं जलपान हेतु आमंत्रित किया। शैतान को देखकर सभी लोग अत्यंत चकित थे।

प्रॉस्पेरो ने एरियल को अपनी सेवा से मुक्त कर दिया और वह नन्ही आत्मा एक बार फिर मुक्त हो जाने से अत्यंत प्रसन्न थी। उसके बाद प्रॉस्पेरो ने अपनी जादुई छड़ी और सभी पुस्तकों को जमीन में गहरे गाड़ दिया, क्योंकि उसने वचन दिया था कि वह अब दोबारा कभी जादू की कला का प्रयोग नहीं करेगा। वह मिलान का राज्य वापस पाने के लिए जहाज में बैठकर अपनी मातृभूमि की ओर रवाना हो गया, जहाँ पहुँचने के शीघ्र बाद नेपल्स में फर्डिनैंड एवं मिरांडा का विवाह होने वाला था। घर वापसी की यात्रा अत्यंत सुखद थी और एरियल ने जहाज की अनुकूल दिशा में हवाएँ चलाकर उसे और भी अधिक सहायता दी थी। अपने स्वामी के प्रति कृतज्ञता का वह उसका अंतिम प्रदर्शन था।

□

2

एक मध्य ग्रीष्म रात्रि का स्वप्न

एथेंस के शहर में एक ऐसा कानून था, जो अपने नागरिकों को यह अधिकार देता था कि वे अपनी पसंद के वर से अपनी लड़कियों को विवाह करने हेतु विवश कर सकें। यदि कोई लड़की अपने पिता द्वारा चुने गए किसी वर से विवाह करने से इनकार करती थी तो पिता अपनी पुत्री की हत्या कर सकता था। लेकिन इस कानून का उपयोग शायद ही कभी किया गया था, क्योंकि आमतौर पर पिता अपनी ही पुत्रियों की मृत्यु के इच्छुक नहीं होते थे।

लेकिन एक विशेष मामला उस समय प्रकाश में आया, जब ईजियस नामक एक वृद्ध व्यक्ति ने वास्तव में एथेंस के राजा थीसियस से अपनी बेटी हर्मिया के बारे में शिकायत की। ईजियस ने अपनी बेटी हर्मिया को डिमित्रियस नामक एक युवक से विवाह करने का आदेश दिया, जो कि एक पुराने एथेंस निवासी परिवार से था। लेकिन हर्मिया ने अपने पिता के आदेश को ठुकराते हुए डिमित्रियस के साथ विवाह करने से इनकार कर दिया, क्योंकि वह लिसेंडर नामक एक अन्य युवक से प्रेम करती थी। उसके पिता ईजियस ने एथेंस के राजा थीसियस से न्याय की माँग की और अपनी बेटी हर्मिया पर एथेंस के क्रूर कानून को लागू करने की प्रार्थना की। हर्मिया ने अदालत में अपने बचाव में दलील दी कि इससे पूर्व डिमित्रियस ने उसकी प्यारी सहेली हेलेना के प्रति अपने प्रेम की

घोषणा की थी, जो खुद भी डिमित्रियस से बहुत गहराई से प्रेम करती थी। लेकिन ईजियस पर उसकी बेटी हर्मिया द्वारा बताए गए इस उचित कारण का कोई असर नहीं हुआ और वह अपनी बात पर अडिग रहा।

थीसियस एक नेक और योग्य राजकुमार था, परंतु उसके पास अपने देश के कानून को बदलने की शक्ति नहीं थी। उसने मामले पर विचार करने के लिए हर्मिया को चार दिनों का समय दिया। उसने कहा कि यदि वह इस अवधि के बाद भी डिमित्रियस के साथ विवाह करने से इनकार करेगी तो उसे मृत्युदंड दे दिया जाएगा। हर्मिया अपने प्रेमी लिसेंडर से मिलने और उसे अपनी स्थिति की जानकारी देने के लिए तत्काल वहाँ से रवाना हो गई। इस समाचार ने लिसेंडर को व्यापक तौर पर व्यथित कर दिया और कुछ देर तक सोचने के बाद उसने सुझाव दिया कि उसी रात को हर्मिया उसके साथ चुपके से भाग जाए। वहाँ से भागकर वे दोनों अपनी चाची के घर चले जाएँगे, जो वहाँ से इतनी दूर रहती थी, जहाँ यह कानून लागू नहीं होता था।

"मैं तुमसे शहर के बाहर कुछ मील दूर स्थित जंगल में मिलूँगा।" लिसेंडर ने घोषणा की। उसकी बात से खुश होते हुए हर्मिया ने अपनी सहमति दे दी। उसने अपने घर से भागने की खबर केवल अपनी सबसे प्यारी सहेली हेलेना को ही दी। जवान लड़कियाँ अकसर प्रेम में कुछ मूर्खताएँ कर बैठती हैं और हेलेना ने भी वैसा ही किया। उसने डिमित्रियस को तत्काल सारी बात बता दी। हेलेना इस बात से भलीभाँति परिचित थी कि डिमित्रियस जंगल में उसके पीछे अवश्य जाएगा और उसे कुल मिलाकर केवल इतनी आशा थी कि वह जिस व्यक्ति से प्रेम करती थी, वह अंततः उसे जंगल में मिल जाएगा।

यह जंगल परियों के राजा ओबेरॉन एवं रानी टिटानिया के मिलने का पसंदीदा मिलन स्थल था, जहाँ वे अपनी समर्थक परियों के साथ

मिलकर आधी रात में नृत्य किया करते थे। लेकिन राजा एवं रानी के बीच एक दु:खद मतभेद उत्पन्न हो गया था और वे दोनों चाँदनी रात में इस सुहाने जंगल में जब भी मिलते थे, उनके बीच झगड़ा हो जाता था। इस घरेलू कलह का कारण यह था कि टिटानिया ओबेरॉन को एक नन्हे लड़के को उसके सेवक के रूप में देने के लिए तैयार नहीं थी। लड़के की माँ टिटानिया की अच्छी सहेली थी और उसकी मृत्यु के बाद टिटानिया ने जंगलों में पालने के इरादे से उस लड़के को चुरा लिया था। उस रात टिटानिया और उसकी समर्थक परियाँ ओबेरॉन एवं उसके साथियों पर टूट पड़ीं।

"अरे ईर्ष्यालु ओबेरॉन, क्या यह तुम्हीं हो?" टिटानिया चीखी, "परियो, यहाँ से दूर चली जाओ, क्योंकि मैंने उसे अनदेखा करने की कसम खाई है।"

"ठहरो, मूर्ख परी!" ओबेरॉन ने आदेश दिया, "क्या मैं तुम्हारा स्वामी नहीं हूँ? तुम इस तरह मेरी अवहेलना क्यों कर रही हो? मेरी सेवा करने के लिए वह छोटा लड़का मुझे दे दो!"

"तुम्हारा पूरा साम्राज्य भी उस लड़के को मुझसे नहीं खरीद सकेगा।" टिटानिया ने क्रोधित होते हुए उत्तर दिया। ओबेरॉन ने परियों की रानी से वादा किया कि तुम्हें सुबह होने से पहले ही मेरे अपमान की कीमत चुकानी पड़ेगी। उसके जाने के बाद राजा ने अपनी पसंदीदा परी और विशेष सलाहकार पक को अपने पास बुलाया।

पक अत्यंत चतुर परी थी, जो समीपस्थ गाँवों से खेतों में काम करने आई लड़कियों को मोहित करके उनसे खुशियाँ प्राप्त कर लेती थी। कभी वह दूध से मलाई चुरा लेती थी और कई बार वह मलाई से मक्खन बनानेवाली मशीन में जाकर चिपक जाती थी, ताकि मशीन मलाई को मक्खन के रूप में परिवर्तित न कर सके। यहाँ तक कि गाँव के लोगों को

भी वह नहीं छोड़ती थी। जब कभी पक बीयर के बरतन पर अपनी ट्रिक आजमाती तो बीयर का नष्ट होना निश्चित था। कई बार जब लोग एक साथ बीयर पीने के लिए बैठते तो पक किसी मक्खी या अन्य कीट का रूप धारण करके बीयर के बरतन में गिर जाती। जैसे ही कोई बूढ़ी स्त्री अपनी बीयर पीती, पक फौरन उड़कर उसके होंठों पर बैठ जाती और मुँह के अंदर गई बीयर का घूँट उसकी ठोड़ी से होता हुआ नीचे गिर जाता था। इसके बाद जैसे ही वह बूढ़ी स्त्री अपनी पड़ोसनों को अपनी कहानी सुनाने के लिए कुरसी पर बैठने लगती, वह उसकी कुरसी को खींच लेती थी और गरीब बुढ़िया नीचे गिर जाती थी, जिसे उसकी बाँहें पकड़कर उठाते हुए पड़ोस की स्त्रियाँ उसकी दशा पर हँस पड़ती थीं।

"पक, मुझे वह नन्हा बैंगनी फूल तो लाकर दो, जिसके रस की बूँदें यदि किसी सोते हुए आदमी की पलकों पर डाली जाएँ तो वह सोकर उठने के बाद जिसे भी देखेगा, वही उसका प्रेमी बन जाएगा और उससे प्रेम करने लगेगा।" ओबेरॉन ने रातों को भटकनेवाली अपनी नन्ही परी को आदेश दिया, "मैं उस रस की बूँदों को टिटानिया के सो जाने के बाद उसकी पलकों पर डालूँगा और सोकर उठने के बाद वह जिसे भी देखेगी, उससे प्रेम करने लगेगी, चाहे वह कोई शेर, भालू या बंदर ही क्यों न हो! जब मैं जादू के इस दौर को उससे दूर करके उसे एक अन्य जादू की ओर ले जाऊँगा, मैं उसे अपने उस नन्हे लड़के को मुझे देने के लिए विवश कर दूँगा।"

पक को इस तरह के खेलों में बड़ा आनंद आता था, इसलिए वह अपने स्वामी की आज्ञा का पालन करने के लिए दौड़ पड़ी। ओबेरॉन जिस समय पक के वापस लौटने की प्रतीक्षा कर रहा था, उसी समय उसने डिमित्रियस एवं हेलेना को जंगल में प्रवेश करते देख लिया था। डिमित्रियस ने हेलेना को खूब खरी-खोटी सुनाई, क्योंकि उसने उसका

पीछा किया था; जबकि हेलेना ने बड़े सौम्य तरीके से डिमित्रियस को उसके उन प्रेम भरे वादों की याद दिलाई, जो उसने हेलेना से किए थे। इसके बाद डिमित्रियस अत्यंत क्रूरता के साथ हेलेना से दूर चला गया और उसे जंगली जानवरों की दया पर छोड़ दिया, जबकि हेलेना असहाय अवस्था में उसके पीछे-पीछे भागती रही।

ओबेरॉन के मन में सच्चे प्रेमियों के प्रति कोमल भावना थी और उसे हेलेना की दशा पर बड़ी दया आई। जैसे ही पक वापस आया, ओबेरॉन ने उसे आदेश दिया कि वह उस क्रूर एथेंसवासी युवक की पलकों पर पीले फूल की कुछ बूँदें गिरा दे, जिसके साथ एक प्यारी स्त्री थी। "जिस समय वह सो रहा हो, उसकी आँखों में प्रेम के रस की कुछ बूँदें डाल दे। प्रेमरस की बूँदें डालने से पहले यह सुनिश्चित कर लेना कि वह सुंदर लड़की उसके निकट ही हो, ताकि जब वह सोकर उठे तो सबसे पहले उस लड़की को ही देखे!" ओबेरॉन ने उसे निर्देश दिया, "तुम उस आदमी को उसके एथेंसी कपड़ों से पहचान लोगी।"

पक ने अपने स्वामी से वादा किया कि वह बड़ी सावधानी से अपना कार्य पूरा करेगी और वहाँ से चली गई। ओबेरॉन उस स्थान पर गया, जहाँ टिटानिया सोने की तैयारी कर रही थी। नदी के किनारे सुगंधित एवं सुंदर फूलों के बगीचे में उसके आराम करने का स्थान था। साँप की खाल की एक चादर टिटानिया की चादर के रूप में दी गई, जो देखने में तो छोटी थी, लेकिन एक नन्ही परी के ओढ़ने के लिए पर्याप्त थी। ओबेरॉन ने देखा कि टिटानिया अपनी परियों को उसके सोने के बाद किए जानेवाले काम सौंप रही थी, "तुम में से कुछ परियाँ उन कीड़ों को मारोगी, जो गुलाब की कलियों को खा जाते हैं और कुछ चमगादड़ों पर आक्रमण करोगी, ताकि उनके चमड़े के पंखों से मेरी नन्ही परी का कोट बनाया जा सके; और कुछ मेरे आसपास रहकर मेरी निगरानी करोगी,

ताकि शोर मचानेवाली चिड़ियाँ मेरे अधिक निकट न आ सकें। अब तुम सब मेरे लिए गाओ, ताकि मैं सो जाऊँ!" उसने परियों को आदेश दिया।

परियाँ गीत गाकर अपनी रानी को सुलाने के बाद अपना-अपना काम पूरा करने के लिए दौड़ पड़ीं। इसके बाद ओबेरॉन दबे पाँव अपनी सोई हुई रानी के पास गया और प्रेमरस की कुछ बूँदें उसकी पलकों पर डाल दीं। 'अब तुम जागने के बाद जिसे देखोगी···' वह मन-ही-मन बुदबुदाया, '···वही तुम्हारा सच्चा प्यार होगा!'

अब हमें हर्मिया की ओर लौटना होगा! वह लिसेंडर से मिलने के लिए अपने पिता के घर से भागकर इस जंगल में आ गई थी। लेकिन जंगल में कुछ दूर तक चलने के बाद हर्मिया थक गई थी, इसलिए लिसेंडर ने उसे हरी घास के बिस्तर पर सुबह तक आराम करने के लिए कहा। वह खुद भी उसके पास जमीन पर लेट गया। उसे जल्द ही गहरी नींद आ गई।

पक ने उन दोनों को खोज लिया और मान लिया कि यही वह एथेंसी जोड़ा है, जिसके बारे में उसका मालिक बता रहा था। बिना कोई देर किए उसने लिसेंडर की आँखों में प्रेमरस की बूँदें डाल दीं। लेकिन भाग्य ने अपना खेल खेला और कुछ देर बाद हेलेना भी वहाँ पहुँच गई। उसके पहुँचते ही लिसेंडर ने अपनी आँखें खोल दीं। लिसेंडर ने जागने के बाद सबसे पहले उसे ही देखा और सिर से लेकर पाँव तक हेलेना के प्रति प्रेम में डूब गया। लिसेंडर हर्मिया के लिए अपना सारा प्रेम भूल गया। वास्तव में, लिसेंडर अपने असली प्रेम हर्मिया को जंगल में अकेली सोती हुई छोड़कर उसकी प्यारी सहेली के पीछे-पीछे चला गया, जो एक अत्यंत दुःखद स्थिति थी!

दुर्भाग्य का कहर तो तब टूटा, जब हेलेना ने डिमित्रियस को जंगल में खोजने की कोशिश की, किंतु विफल रही। डिमित्रियस शीघ्र ही हेलेना

की आँखों से ओझल हो गया और वह असहाय एवं दु:खी होकर जंगल में भटकने लगी और उस जगह पहुँच गई, जहाँ लिसेंडर गहरी नींद में सोया हुआ था।

'अरे!' हेलेना बुदबुदाई, 'लिसेंडर तो यहाँ जमीन पर पड़ा हुआ है! लेकिन क्या यह मर गया है या सामान्यतया सो रहा है?'

हेलेना ने बड़े प्यार से लिसेंडर को स्पर्श किया और उसे जगा दिया। जैसे ही लिसेंडर ने अपनी आँखें खोलीं, प्रेमरस ने अपना जादू दिखाना प्रारंभ कर दिया और लिसेंडर हेलेना के प्रेम का दीवाना हो गया। उसने उसके प्रति अपने अमर प्रेम की घोषणा कर दी और उसने यहाँ तक कह दिया कि हेलेना तो हर्मिया से भी अधिक सुंदर है और वह हेलेना के लिए आग का दरिया भी पार कर सकता है। हेलेना उसकी बातें सुनकर अत्यंत क्रोधित हो गई, क्योंकि हर्मिया उसकी सहेली थी और चूँकि लिसेंडर हर्मिया का प्रेमी था और उसने उसके साथ विवाह करने का वचन दिया था, इसलिए हेलेना ने स्वाभाविक तौर पर सोचा कि लिसेंडर उसे जानबूझकर मूर्ख बना रहा था।

"क्या मैं इसलिए पैदा हुई थी कि लोग मुझ पर हँसें?" उसने क्रोधित होते हुए कहा, "लिसेंडर, क्या तुम्हारे लिए इतना ही काफी नहीं है कि डिमित्रियस एक बार भी मेरी ओर प्यार से नहीं देखता या मेरे साथ दो मीठे बोल भी नहीं बोलता है? तुम अवश्य ही मुझसे प्रेम करने का बहाना बनाकर मेरे साथ क्रूर मजाक कर रहे हो! मैं सोचती थी कि तुम इतने अच्छे हो कि कभी मेरे साथ इस तरह का व्यवहार नहीं करोगे, लिसेंडर।" इतना कहकर हेलेना वहाँ से चली गई। हर्मिया को पूरी तरह भूल चुके लिसेंडर ने उसका पीछा किया, जो अभी तक सोई हुई थी।

हर्मिया जब सोकर उठी और खुद को अकेला पाया तो अत्यंत भयभीत एवं व्यथित हो गई। वह जंगल में भटकते हुए लिसेंडर को

खोजती रही। दूसरी ओर, हर्मिया और अपने प्रतिद्वंद्वी लिसेंडर को खोज पाने में विफल रहने के कारण डिमित्रियस अत्यंत थक गया था। वह लेट गया और उसे नींद आ गई। इसी दौरान ओबेरॉन उसके पास से होकर गुजरा। पक के साथ सख्ती से पूछताछ करने के बाद उसे पता चला कि पक ने गलती से प्रेमरस की बूँदें गलत आदमी की आँखों में डाल दी थीं। अपनी भूल सुधारने के लिए उतावले ओबेरॉन ने प्रेमरस की बूँदें डिमित्रियस की आँखों में डाल दीं।

सोकर उठने के बाद डिमित्रियस ने सबसे पहले जिसे देखा, वह हेलेना थी। लिसेंडर की तरह ही उसने भी हेलेना के साथ प्यार भरी बातें करनी शुरू कर दीं। लिसेंडर भी उसी समय हर्मिया के साथ वहाँ पहुँच गया। पक की मूर्खतापूर्ण भूल के कारण अब लिसेंडर के पीछे भागने की बारी हर्मिया की थी, जो अब हेलेना के पीछे भाग रहा था। लिसेंडर एवं डिमित्रियस दोनों ही उस समय प्रेमरस के जादू से ग्रस्त थे और दोनों ही हेलेना के प्रति अपने अमर प्रेम की कसमें एक साथ खा रहे थे।

चकित हेलेना ने सोचा कि डिमित्रियस, लिसेंडर और कभी उसकी सबसे प्यारी सहेली रही हर्मिया आपस में मिले हुए थे और वे तीनों ही एक साथ मिलकर उसे मूर्ख बना रहे थे। लेकिन हर्मिया भी उतनी ही चकित थी, क्योंकि वह नहीं समझ पा रही थी कि जब लिसेंडर और डिमित्रियस दोनों ने ही उससे पहले प्रेम करने की बात कही थी तो दोनों अचानक अब हेलेना के पीछे क्यों भाग रहे थे? कभी एक-दूसरे की सबसे अच्छी सहेलियाँ रहीं दोनों स्त्रियाँ अब एक-दूसरे के साथ इतना रोषपूर्ण वार्त्तालाप कर रही थीं।

"तुम कितनी क्रूर हो, हर्मिया।" हेलेना ने क्रोधित होते हुए कहा, "उसकी झूठी प्रशंसा के बहाने तुम लिसेंडर को मुझे परेशान करने के लिए क्यों विवश कर रही हो? तुम अपने अन्य प्रेमी डिमित्रियस की ओर

देखो। वह कभी मेरी परछाईं से भी घृणा करता था और अब तुम्हारा समर्थन पाकर वह मुझे 'देवी' कहकर पुकार रहा है! तुम उसे मुझे मूर्ख बनाने के लिए कैसे कह सकती हो? क्या तुम भूल गईं कि हम दोनों कभी स्कूल में सबसे अच्छी सहेलियाँ थीं? हम दोनों एक ही सीट पर बैठती थीं, दोनों एक जैसा गीत गाती थीं और एक ही कपड़े पर एक साथ बैठकर चित्रकारी किया करती थीं! हम जुड़वाँ बहनों की तरह बड़ी हुई हैं और कभी अलग नहीं हुई हैं। अब तुम यह सब कैसे कर सकती हो?"

"मेरी समझ में कुछ भी नहीं आ रहा है कि तुम क्या कह रही हो!" हर्मिया ने अपना विरोध जताया, "मैं तुम पर हँस नहीं रही हूँ। दरअसल, तुम्हें कोई गलतफहमी हो गई है।"

"फिर आगे बढ़ो।" हेलेना बोली, "गंभीर होने का बहाना बनाओ और एक-दूसरे को देखकर मुसकराओ और मेरी पीठ पीछे मेरा मजाक उड़ाओ। यदि तुम्हारे अंदर जरा सी भी करुणा और सभ्यता होती तो तुम इस तरह मुझे दुःखी नहीं करतीं।"

लिसेंडर एवं डिमित्रियस दोनों स्त्रियों को वहाँ लड़ता छोड़कर खुद हेलेना का प्यार पाने के लिए लड़ने के लिए चले गए। जब स्त्रियों ने देखा कि उनके प्रेमी एक बार फिर उन्हें छोड़कर चले गए हैं तो दोनों उन्हें खोजने के लिए जंगल में इधर-उधर भटकती रहीं। ओबेरॉन व पक दोनों उन स्त्रियों के बीच हुए शोरगुल को सुनते रहे थे। जैसे ही वे लोग वहाँ से चले गए, परियों के राजा ने पक से पूछा, "क्या तुमने यह काम जान-बूझकर किया है, पक, या यह सब तुम्हारी असावधानी से हुआ है?"

"हे परियों के राजा! यह सब मेरी ही गलती थी।" पक ने उत्तर दिया, "मेरे ऊपर विश्वास कीजिए। मेरे भ्रम का कारण यह था कि दोनों ही जोड़ों ने एथेंसी कपड़े पहने हुए थे! मुझे इस बात का कोई अफसोस नहीं है, क्योंकि इस समय मुझे दोनों की लड़ाई देखने में मजा आ रहा है।"

लिसेंडर और डिमित्रियस लड़ने के लिए उचित स्थान की खोज में निकल पड़े! ओबेरॉन ने पक को आदेश दिया कि "रात को बादलों और धुंध से ढक दो। इसके बाद दोनों झगड़ते प्रेमियों को अँधेरे में इतनी दूर ले जाओ कि वे एक-दूसरे से अलग हो जाएँ। उन्हें इतना थका दो कि वे दोनों निढाल होकर सो जाएँ और जब वे दोनों सो जाएँ तो इस दूसरे फूल के रस को केवल लिसेंडर की आँखों में डाल दो। जब वह सोकर उठेगा तो हेलेना के प्रति अपने प्रेम को भूल जाएगा और केवल हर्मिया के प्रति अपना प्रेम उसे याद रहेगा। डिमित्रियस हेलेना से प्रेम करना जारी रखेगा और दोनों स्त्रियाँ अपने-अपने प्रेमियों के साथ प्रसन्नतापूर्वक जीवन व्यतीत कर सकेंगी। वे सभी इसे एक बुरा सपना समझेंगे! यह काम फुरती से करो, पक। मैं जाकर देखता हूँ कि टिटानिया ने अपने लिए किस प्यारे प्रेमी की खोज की है!"

टिटानिया अभी भी सोई हुई थी। ओबेरॉन ने अपनी रानी के पास एक खेत मजदूर को देखा। वह जंगल में अपना रास्ता भूल गया था और गहरी नींद में सो रहा था। 'मेरी टिटानिया के सच्चे प्रेम के रूप में इस मूर्ख से अच्छा कोई अन्य नहीं हो सकता है।' ओबेरॉन ने अपने मन में सोचा और उस खेत मजदूर के सिर पर एक गधे का सिर लगा दिया। ओबेरॉन ने सुनिश्चित किया कि गधे का सिर उस मजदूर के सिर पर अच्छी तरह फिट हो जाए। जब उसने बड़े आराम से गधे का सिर उसके ऊपर लगाया तो वह आदमी जाग गया। वह अपने बदले हुए रूप से अनभिज्ञ था और सोती हुई टिटानिया के पास चला गया।

टिटानिया जैसे ही सोकर उठी और फूल के पराग ने उस पर अपना जादू दिखाना शुरू किया, वह बोली, "कितनी सुंदर रचना है यह! क्या तुम जितने सुंदर दिखाई दे रहे हो, उतने बुद्धिमान भी हो?"

"यदि मैं इस जंगल से बाहर निकलने का रास्ता खोज लेता तो

अवश्य ही खुद को बुद्धिमान समझ सकता था।" मूर्ख गधे ने उत्तर दिया।

"जंगल से बाहर मत जाओ।" प्रेम में पागल रानी ने उससे कहा, "मैं तुमसे प्रेम करती हूँ! मैं कोई साधारण आत्मा नहीं हूँ। तुम मेरे साथ रहो। मैं तुम्हारी सेवा के लिए तुम्हें परियों का उपहार दूँगी!"

टिटानिया ने पीजब्लॉसम, कॉबवेब, मोथ एवं मस्टर्डशीड नामक अपनी चार परियों को अपने पास बुलाया—"इस प्यारे और भले सज्जन का खयाल रखो।" टिटानिया ने आदेश दिया, "जब यह कहीं जाए तो इसके साथ जाओ और इसके समक्ष नाचो। इसे अच्छी तरह स्वादिष्ट खाना खिलाओ। मेरे साथ बैठो, मेरे प्यारे!" उसने मूर्ख गधे से कहा, "मुझे अपने बाल-युक्त मनोहर गालों के साथ खेलने दो और मेरे सुंदर गधे, मुझे अपने प्यारे कानों को चूमने दो!"

"पीजब्लॉसम कहाँ है?" मूर्ख ने पूछा। वह परियों की रानी के प्रेम की बजाय अपनी नई सेविकाओं के प्रति अधिक इच्छुक दिखाई पड़ा।

"मैं यहाँ हूँ, श्रीमान।" नन्ही पीजब्लॉसम ने उत्तर दिया।

"मेरा सिर खुजलाओ।" मूर्ख ने उसे आदेश दिया और कॉबवेब को अपने लिए कुछ फल लाने को कहा। इसके बाद उसनें मस्टर्डशीड को पीजब्लॉसम की मदद करने का आदेश दिया।

"मैं अनिवार्यत: अपने बाल भी कटवाना चाहूँगा, क्योंकि मेरे चेहरे पर कुछ अधिक ही बाल हो गए हैं।" उसने घोषणा की।

"आप खाने में क्या चीज पसंद करेंगे?" टिटानिया ने पूछा।

"मैं सोचता हूँ कि मुझे मुट्ठी भर सूखी घास खानी चाहिए।" मूर्ख ने उत्तर दिया। अपने सिर पर गधे का सिर लग जाने के कारण उस मूर्ख ने अपने अंदर गधों जैसा स्वाद विकसित कर लिया था। "लेकिन फिलहाल मैं सोना चाहता हूँ।"

"फिर तुम मेरी बाँहों में सो जाओ।" प्रेमातुर टिटानिया बोली, "देखो, मैं तुमसे कितना प्रेम करती हूँ!"

मूर्ख के टिटानिया की बाँहों में सो जाने के तत्काल बाद ओबेरॉन प्रकट हुआ। ओबेरॉन ने एक गधे के प्रति कुछ अधिक ही दयालुता दिखाने के लिए अपनी रानी का उपहास किया। वह टिटानिया के ऊपर हँसा, जो सचमुच बहुत शर्मिंदा थी और उसके बाद उसने सेवक के रूप में एक बार फिर उस लड़के की माँग की। टिटानिया इतनी अधिक लज्जित थी कि वह अपने स्वामी को इनकार नहीं कर सकी। ओबेरॉन ने अपनी रानी के प्रति करुणा दिखाई और दूसरे फूल का पराग उसकी आँखों में डाल दिया।

टिटानिया की स्मृतियाँ तत्काल वापस लौट आईं। उसे अपने कृत्य पर विश्वास नहीं हुआ कि वह अभी तक क्या कर रही थी! वह जिस शैतान के प्रेम में पागल हो गई थी, वह अब उसकी एक झलक से भी घृणा करने लगी। ओबेरॉन ने उस गरीब मूर्ख के सिर से गधे का सिर हटा दिया और उसे उसके अपने हाथों पर अपना सिर रखकर सोने के लिए छोड़कर चला गया। परियों का राजा एवं रानी प्रसन्नतापूर्वक फिर एक-दूसरे के साथ रहने लगे। उसने टिटानिया को उन प्रेमियों के बीच आधी रात को हुई कहा-सुनी एवं झगड़े के बारे में बताया। वह ओबेरॉन के साथ जाने के लिए खुशी-खुशी तैयार हो गई। उन्होंने दो प्रेमी जोड़ों को एक स्थान पर गहरी नींद में सोते हुए पाया, जहाँ पक उन्हें एक साथ लाया था। ओबेरॉन के आदेश पर पक ने लिसेंडर की आँखों से जादू के असर को समाप्त कर दिया।

सबसे पहले हर्मिया जागी और उसने लिसेंडर को अपने निकट सोते हुए पाया। हर्मिया सोचने लगी कि लिसेंडर अब उससे प्रेम क्यों नहीं करता है? उसके बाद लिसेंडर की आँखें खुलीं और उसने हर्मिया

के प्रति अपने प्रेम को नई ऊर्जा के साथ महसूस किया। उन दोनों ने अपने रात्रिकालीन विवादों के बारे में बात की और दोनों इस बात से चकित थे कि उन्होंने एक जैसा सपना देखा था। उसके बाद हेलेना और डिमित्रियस सोकर जागे। डिमित्रियस ने हेलेना के प्रति अपने प्रेम की घोषणा जारी रखी, जो अत्यंत चकित एवं प्रसन्न थी। हर्मिया और हेलेना एक बार फिर अच्छी सहेलियाँ बन गईं।

उनके मध्य परस्पर इस बात का निर्णय लिया गया कि डिमित्रियस को हर्मिया के पिता को इस बात के लिए राजी करना चाहिए कि वह हर्मिया के ऊपर थोपे गए निर्मम मृत्युदंड को वापस ले ले। डिमित्रियस वहाँ से रवाना होने ही वाला था कि इसी बीच ईजियस अपनी भगोड़ी बेटी को खोजता हुआ जंगल में पहुँच गया। जब ईजियस को इस बात का पता चला कि डिमित्रियस अब हर्मिया के साथ विवाह करने के लिए तैयार नहीं है तो उसने हर्मिया को लिसेंडर के साथ विवाह करने की अनुमति दे दी। यह वही चौथा दिन था, जब हर्मिया को मृत्युदंड दिया जाने वाला था। हेलेना ने भी उसी दिन डिमित्रियस के साथ विवाह करने की अपनी रजामंदी प्रसन्नतापूर्वक दे दी। ओबेरॉन और टिटानिया ने अपने पूरे राज्य में दोनों विवाहों के उपलक्ष्य में उत्सव मनाने हेतु खेलों का आयोजन किया।

अब, यदि आप में से कोई भी मध्य ग्रीष्म रात्रि के इस स्वप्न की परी कथा से भयभीत है और इसे विचित्र एवं बेतुका मानता है तो इसका केवल एक ही उपाय है कि आप यह मान लें कि इस दौरान आप सो रहे थे और वस्तुतः ये सारे कारनामे आपके सपनों में हुए थे!

□

3

निरर्थक भाग-दौड़

मेसीना के महल में हीरो और बीट्राइस नामक दो महिलाएँ रहती थीं। हीरो मेसीना के गवर्नर लियोनाटो की बेटी थी और बीट्राइस उसकी भतीजी थी। हीरो एक गंभीर स्वभाववाली और बुद्धिमानी भरी बातें करनेवाली लड़की थी, जबकि दूसरी ओर बीट्राइस एक चपल एवं हँसी-मजाक में रुचि रखनेवाली लड़की थी, जिसे अपनी चचेरी बहन हीरो का मनोरंजन करना प्रिय था। खुशदिल बीट्राइस अपने आसपास मौजूद हर चीज में हास्य खोज लेती थी।

एक दिन कुछ युवा सैन्य अधिकारी लियोनाटो से मिलने आए। उन आगंतुकों में अरागोन का राजकुमार पेड्रो, उसका मित्र एवं फ्लोरेंस का लॉर्ड क्लाउडियो और पडुआ का लॉर्ड एवं विनोदी स्वभाववाला बेनेडिक शामिल थे। ये लोग इससे पूर्व भी मेसीना आ चुके थे, इसलिए अपने पुराने मित्रों के रूप में लियोनाटो ने अपनी बेटी और भतीजी से उनका परिचय कराया।

बेनेडिक ने कमरे में प्रवेश करते ही गवर्नर एवं राजकुमार के साथ ऊँची आवाज में वार्त्तालाप शुरू कर दिया। बीट्राइस, जो हमेशा किसी भी वार्त्तालाप में भाग लेने के लिए तैयार रहती थी, ने बेनेडिक के बोलते ही उसे बीच में टोक दिया।

"बेनेडिक महोदय, मैं यह देखकर चकित हूँ कि आप अभी भी बोलते चले जा रहे हैं, जबकि कोई भी मुझे आपकी बात सुनते हुए दिखाई नहीं दे रहा है!"

यद्यपि बेनेडिक भी बीट्राइस की तरह विनोदप्रिय व्यक्ति था, परंतु बीट्राइस की इस टिप्पणी से उसे जरा भी खुशी नहीं हुई। उसने इस बात को अस्वीकार कर दिया कि कोई लड़की इतनी मुँहफट होनी चाहिए और उसे यह भी याद आया कि जब वह पिछली बार मेसीना आया था, तब भी बीट्राइस ने उसे मूर्ख बनाया था। सबसे बड़ी बात यह कि जो लोग दूसरों के ऊपर हँसने के इच्छुक होते हैं, उन्हें अपने ऊपर किसी का हँसना अच्छा नहीं लगता है। बीट्राइस और बेनेडिक जब भी कभी आमने-सामने होते, हमेशा एक-दूसरे से घृणा करने लगते थे। इस बार जब बीट्राइस ने बेनेडिक के भाषण के बीच में टोका तो उसने ऐसे दरशाया, मानो उसे कमरे में उसकी मौजूदगी का पता ही न हो।

"अरे, यह क्या, मेरी प्यारी सुंदरी, तुम अभी तक जीवित हो?" बेनेडिक के इतना कहते ही दोनों के बीच एक बार फिर युद्ध शुरू हो गया।

बीट्राइस यह बात जानती थी कि अभी हाल ही में हुए युद्ध में बेनेडिक ने अपनी वीरता सिद्ध की थी। उसने प्रतिवाद करते हुए कहा कि बेनेडिक ने युद्ध में जिन्हें भी मौत के घाट उतारा है, उन्हें खा जाएगी। यह देखकर कि राजकुमार को बेनेडिक के चुटकुलों में मजा आ रहा था, बीट्राइस ने उसे भी 'राजकुमार विदूषक' कहकर संबोधित किया। इस बार बीट्राइस की इस टिप्पणी ने बेनेडिक को बुरी तरह आहत कर दिया, जबकि इससे पूर्व बीट्राइस द्वारा किए गए उसके अपमान से इतना आहत वह पहले कभी नहीं हुआ था। जो लोग सोचते हैं कि वे विनोदी हैं, उन्हें भी 'विदूषक' कहे जाने से सर्वाधिक भय लगता है। ऐसा इसलिए होता है, क्योंकि वह सत्य के बहुत निकट होता है।

बहरहाल, लेडी हीरो ने अतिथियों के समक्ष एक सम्मानजनक खामोशी बनाए रखी। क्लाउडियो ने देखा तो उसके सौंदर्य में आए निखार की प्रशंसा किए बिना नहीं रह सका। उसने कहा कि हीरो एक आकर्षक युवती है। राजकुमार को बीट्राइस और बेनेडिक के बीच होनेवाली नोक-झोंक में मजा आ रहा था। उसने लियोनाटो के कान में फुसफुसाते हुए कहा, "वह कितनी खुशमिजाज एवं ऊर्जावान् लड़की है! बीट्राइस बेनेडिक के लिए सर्वोत्तम पत्नी सिद्ध होगी!"

"अरे नहीं, माई लॉर्ड!" गवर्नर ने उसे संबोधित करते हुए कहा, "यदि उनका विवाह हो जाएगा तो वे एक सप्ताह में ही इस तरह की बातें करके पागल हो जाएँगे।"

लेकिन राजकुमार ने दोनों की जोड़ी बनाने के विचार को खारिज नहीं किया, यह बात अलग है कि लियोनाटो ने सोचा कि उनकी जोड़ी ठीक नहीं रहेगी।

क्लाउडियो के साथ पेड्रो के महल से बाहर चले जाने के बाद उसने महसूस किया कि जिस विवाह की योजना उसने बनाई थी, उसके बारे में अन्य लोग भी योजना बना रहे थे। जब क्लाउडियो ने हीरो की प्रशंसा के पुल बाँधे थे तो राजकुमार ने उससे पूछा था कि क्या वह उससे प्रेम करता है?

"मैं उसे तभी से पसंद करता हूँ, जब मैं पिछली बार मेसीना आया था।" क्लाउडियो ने उत्तर दिया, "लेकिन उस समय मेरे पास प्रेम करने के लिए समय नहीं था! अब शांति के सुखमय दिनों में जब मेरे मन में युद्ध के विचार के बादल नहीं घुमड़ रहे हैं और मेरे मन में केवल कोमल व सुखद विचार ही आ रहे हैं, सभी लोग मुझे बताते हैं कि हीरो कितनी सुंदर है! वे मुझे यह भी याद दिलाते हैं कि युद्ध में जाने से पूर्व मैं उसे कितना पसंद किया करता था!"

राजकुमार इतना अधिक द्रवित था कि उसने लियोनाटो से यह कहने में एक पल का भी विलंब नहीं किया कि वे क्लाउडियो को अपने दामाद के रूप में स्वीकार कर लें। लियोनाटो ने उसकी बात मान ली और राजकुमार ने हीरो से कहा कि वह क्लाउडियो को अपनी बात कहने के लिए समय दे, ताकि वह उससे अपने मन की बात कह सके। क्लाउडियो एक चतुर एवं भाग्यशाली व्यक्ति था और लेडी की रजामंदी मिलने के बाद शीघ्र ही हीरो के साथ उसका विवाह तय होने वाला था।

क्लाउडियो को विवाह के लिए कुछ दिनों की प्रतीक्षा करनी पड़ी। उसने शिकायत की कि उसे यह प्रतीक्षा अंतहीन लग रही है। इसलिए राजकुमार ने सुझाव दिया कि वे समय बिताने के लिए एक छोटा सा खेल खेलें। उन्हें किसी ऐसी योजना के बारे में विचार करना चाहिए, जिसके अंतर्गत बीट्राइस एवं बेनेडिक एक-दूसरे के प्रेम में लिप्त हो जाएँ। क्लाउडियो व लियोनाटो इस प्रस्ताव से सहमत हो गए और यहाँ तक कि हीरो ने भी सहायता करने का वचन दिया, ताकि उसकी चचेरी बहन को एक अच्छा पति मिल जाए।

राजकुमार की योजना के अनुसार, बेनेडिक को इस बात से सहमत कराया जाना चाहिए कि बीट्राइस उससे प्रेम करती है। हीरो बीट्राइस को इस बात से सहमत कराएगी कि बेनेडिक उससे प्रेम करता है। जिस समय बेनेडिक शांत बैठकर उद्यान में पुस्तक पढ़ रहा था, उन लोगों ने खुद को एक पेड़ के पीछे छिपा लिया, जहाँ से बेनेडिक उनके बीच होनेवाले वार्त्तालाप को आसानी से सुन सकता था और उन्होंने ऐसा दिखावा किया, मानो उन्होंने बेनेडिक को देखा ही नहीं था।

कुछ देर तक इधर-उधर की बातें करने के बाद राजकुमार ने कहा, "उस दिन आपने मुझे कौन सी बात बताई थी, लियोनाटो? क्या यह बात सही है कि आपकी भतीजी बीट्राइस बेनेडिक से प्रेम करती है? मैंने तो

सोचा था कि वह महिला किसी भी व्यक्ति से प्रेम करने में असमर्थ है!"

"नहीं माई लॉर्ड, मैंने ऐसा नहीं कहा था।" लियोनाटो ने उत्तर दिया, "यह कितनी विचित्र बात है न कि वह बेनेडिक से इतना अधिक प्रेम करने के बावजूद ऐसे दिखावा करती है, जैसे वह उसे नापसंद करती हो।"

क्लाउडियो ने कहा कि हीरो ने उसे बताया था कि बीट्राइस बेनेडिक से इतना अधिक प्रेम करती है कि यदि उसे अपना प्रेम वापस नहीं मिला तो वह उसके बिछोह में मर जाएगी। लियोनाटो और क्लाउडियो दोनों सोचते थे कि बेनेडिक के लिए बीट्राइस से प्रेम करना असंभव है, क्योंकि उसने न केवल बीट्राइस, बल्कि सभी आकर्षक स्त्रियों के बारे में विपरीत टिप्पणी की थी। राजकुमार ने ऐसे दिखावा किया, जैसे उसके मन में बीट्राइस के प्रति अत्यंत करुणा हो। इसके बाद उसने घोषणा की, "बेनेडिक को इसके बारे में जानकारी दी जानी चाहिए।"

लेकिन क्लाउडियो ने इस प्रस्ताव का विरोध करते हुए कहा कि इससे तो वह न केवल बीट्राइस की भावनाओं का उपहास करेगा, बल्कि उसे और अधिक आहत भी करेगा।"

"यदि वह ऐसा करेगा तो भारी मुसीबत में पड़ जाएगा।" पेड्रो ने अपनी बात पूरी की।

"यदि बेनेडिक से प्रेम करने के उसके निर्णय को छोड़ दिया जाए तो बीट्राइस न केवल एक प्यारी लड़की है, बल्कि बुद्धिमान भी है।"

राजकुमार ने अपने दोस्तों को इशारा किया कि उन्हें बेनेडिक को वहीं बैठा छोड़कर उससे आगे चले जाना चाहिए, ताकि उसने अभी जो कुछ सुना है, उसके बारे में विचार कर सके।

'क्या? क्या यह बात सही हो सकती है?' उसने अपने मन में

विचार किया। इसके बाद उसने खुद के साथ तर्क करना प्रारंभ किया, 'नहीं, निश्चय ही यह उनकी कोई चाल नहीं हो सकती है, क्योंकि वे लोग बहुत गंभीरतापूर्वक बातें करते दिखाई दे रहे थे। उन्हें सारी सच्चाई हीरो से पता चली थी और वे उस महिला पर अपनी करुणा दिखा रहे थे। लेकिन वह मुझसे प्रेम करती है! तब तो मुझे हर हालत में उसके प्रेम का उत्तर अपने प्रेम से देना चाहिए। लेकिन मैंने तो विवाह के बारे में कभी विचार ही नहीं किया था। फिर, वे लोग यह भी तो कह रहे थे कि वह लड़की प्यारी और बुद्धिमती दोनों है। हर बात में चतुर होने के बावजूद वह मुझसे प्रेम करती है! अच्छी बात है। निश्चय ही यह उसकी मूर्खता का कोई प्रमाण नहीं है। अरे, बीट्राइस तो इधर ही आ रही है। हाँ, यह बात पूरी तरह सच है! वह सचमुच अत्यंत आकर्षक लड़की है!'

बीट्राइस अब तक बेनेडिक के करीब पहुँच चुकी थी। उसने अपनी चारित्रिक तीव्रता के साथ कहा, "मुझे मेरी इच्छा के विरुद्ध आपके पास यह कहने के लिए भेजा गया है कि आप भोजन के लिए चलें।"

बेनेडिक, जिसने इससे पहले कभी भी बीट्राइस से इतनी सौम्यता के साथ बात नहीं की थी, उत्तर दिया, "अच्छी बात है, बीट्राइस! मैं यहाँ तक आने में हुए तुम्हारे कष्ट के लिए तुम्हें धन्यवाद देता हूँ।"

दो-चार रूखी टिप्पणियाँ करने के बाद बीट्राइस वहाँ से चली गई। बेनेडिक ने सोचा कि उसने उसके कड़वे शब्दों के पीछे छिपी दयालुता को पहचान लिया है।

उसने सोचा कि 'यदि मैं उसके प्रति दया नहीं दिखाऊँगा और उससे प्रेम नहीं करूँगा तो सचमुच मैं एक बुरा इनसान हूँ।'

बेनेडिक अब सचमुच उस जाल में फँस गया था, जो उसके लिए बिछाया गया था। अब योजना के अन्य भाग को कार्यान्वित करने का

समय आ गया था। हीरो ने उर्सुला और मागरिट नामक अपनी दोनों सेविकाओं को बुलाया।

"अच्छी मागरिट।" उसने मागरिट को निर्देश दिया।

"तुम फौरन सभा भवन में जाओ, जहाँ बीट्राइस राजकुमार और क्लाउडियो से बातें कर रही है। उसके कान में कहना कि उर्सुला और मैं उसके बारे में गार्डन में बैठकर बातें कर रही हैं। उससे कहना कि वह वहाँ आए और हमारी बातें सुने!"

मागरिट के चले जाने के बाद हीरो उर्सुला के साथ उद्यान में गई और उसे हिदायत दी कि "जब बीट्राइस यहाँ आएगी तो हम दोनों इस रास्ते पर आगे-पीछे चलेंगी और उस समय केवल बेनेडिक के बारे में बात करेंगी। जैसे ही मैं उसका नाम लूँ, तुम उसकी आकाश से भी ऊँची प्रशंसा करना। मैं तुमसे कहूँगी कि बेनेडिक बीट्राइस से प्रेम करता है। उधर देखो, हमारी बातें सुनने के लिए बीट्राइस इधर ही चली आ रही है। शुरू करो!"

"नहीं, उर्सुला।" हीरो ने ऐसे बात की, जैसे वह उर्सुला को कोई उत्तर दे रही हो, "वह न केवल घमंडी है, बल्कि वह किसी देसी चिड़िया की तरह शरमीली भी है।"

"लेकिन क्या तुम यह बात पक्के तौर पर कह सकती हो कि बेनेडिक बीट्राइस से प्रेम करते हैं?" उर्सुला ने अपनी भूमिका निभाते हुए कहा।

"राजकुमार ने यह बात स्वयं मुझे बताई है।" हीरो ने राज खोला, "ऐसा ही मेरे लॉर्ड क्लाउडियो ने भी मुझसे कहा था। उन दोनों ने मुझसे कहा था कि यह बात मैं बीट्राइस को न बताऊँ।"

"सचमुच!" उर्सुला बोली, "क्या उसे अपने प्रेम के बारे में जानना

जरूरी नहीं है ? यदि वह उसका मजाक बनाएगी तो क्या होगा ?"

"हाँ!" हीरो ने कहा, "मैंने देखा है कि वह हर आदमी में खोट निकालती है, चाहे वह बुद्धिमान, युवा और खूबसूरत ही क्यों न हो!"

"ऐसे निर्मम निर्णय तो ठीक नहीं हैं।" उर्सुला ने अपनी बात पूरी की।

"लेकिन यह बात बीट्राइस को बताएगा कौन ?" हीरो ने कहा।

"यदि मैं ऐसा करूँगी तो वह मेरे ऊपर हँसेगी।"

"तुम अपनी चचेरी बहन को धोखा दोगी!" उर्सुला बोली, "वह इतनी अंधी और नादान नहीं है कि महोदय बेनेडिक जैसे सज्जन व्यक्ति को ठुकरा दे।"

"हाँ, वह मेरे क्लाउडियो को छोड़कर इटली का सबसे अच्छा और पहला आदमी है।" हीरो ने उससे कहा, "उसका नाम भी कितना अच्छा है न!"

हीरो ने उर्सुला को सूचित किया कि वह कल ही क्लाउडियो के साथ विवाह करने जा रही है और उससे कहा कि वह उसके साथ चलकर कुछ नए कपड़े पसंद कर ले, क्योंकि विवाह के समय पहननेवाले कपड़ों के बारे में उसे उर्सुला की सलाह की जरूरत है।

'क्या यह बात सच हो सकती है ?' बीट्राइस ने उन दोनों के वहाँ से चले जाने के बाद स्वयं से यह प्रश्न किया। वह उनकी बातचीत को बड़े ध्यान से सुन रही थी।

"तुम मुझसे प्रेम करते हो, बेनेडिक! मैं अपने हृदय को तुम्हारे प्रति कोमल बनाकर और तुम्हारी प्यारी छाया में रहकर तुम्हारे प्रेम का प्रतिदान करूँगी।"

इस प्रकार, दो शत्रुओं को युक्ति के माध्यम से एक-दूसरे के प्रति

कोमल बना दिया गया। सुशील स्वभाववाले राजकुमार को इसके लिए शुक्रिया। लेकिन तभी हीरो के भाग्य ने दुर्भाग्यपूर्ण मोड़ ले लिया। अगला दिन, जिसे उसके विवाह का दिन होना चाहिए था, वह हीरो और उसके पिता लियोनाटो के दिलों में दुःख लेकर आया।

राजकुमार का जॉन नामक एक सौतेला भाई था, जो अभी-अभी युद्ध से वापस मेसीना लौटा था। वह एक नीच आदमी था, जो पेड्रो और क्लाउडियो से घृणा करता था, क्योंकि वे दोनों राजकुमार के मित्र थे। जॉन ने हीरो के साथ क्लाउडियो का विवाह रुकवाने का निर्णय लिया, क्योंकि वह क्लाउडियो एवं राजकुमार की खिन्नता से खुद को खुश करना चाहता था। उसने अपनी योजना को सफल बनाने के लिए बोराचियो नामक एक व्यक्ति को नियुक्त किया और इसके बदले उसे बड़ा इनाम देने का लालच दिया। बोराचियो हीरो की सेविका मार्गरेट को अपनी ओर आकर्षित करने का प्रयास कर रहा था और वह अपनी कोशिश में कामयाब भी हो गया था। जॉन ने बोराचियो को इस बात के लिए तैयार कर लिया कि वह रात में हीरो के सो जाने के बाद उसके शयनकक्ष में मार्गरेट को हीरो के कपड़े पहनकर उससे बात करने के लिए कहे।

इसके बाद जॉन शादी से पहले क्लाउडियो और राजकुमार के पास गया। उसने उन्हें बताया कि हीरो अच्छे चरित्रवाली स्त्री नहीं है, क्योंकि वह रात में अपने शयनकक्ष की खिड़की पर लोगों से बात करती है। उसने उन दोनों से कहा कि यदि उन्हें उसकी बात पर विश्वास न हो तो वे आज रात उसके पीछे-पीछे चलें और स्वयं अपनी आँखों से देख लें। उस रात जब जॉन क्लाउडियो एवं राजकुमार को हीरो की खिड़की के निकट ले गया तो उन्होंने मार्गरेट को हीरो के कपड़े पहनकर उसकी खिड़की पर खड़े होकर बोराचियो से बात करते हुए देखा। इस प्रकार, पेड्रो और क्लाउडियो को मूर्ख बनाते हुए उन्हें मार्गरेट को हीरो समझने

के लिए भ्रमित कर दिया। वह दृश्य देखकर क्लाउडियो अत्यंत क्रोधित हुआ और हीरो के प्रति उसका सारा प्रेम घृणा में बदल गया। उसने अगले दिन चर्च में सबके सामने हीरो को अपमानित करने का निर्णय लिया और राजकुमार ने उसके निर्णय का समर्थन किया।

अगले दिन चर्च में जैसे ही क्लाउडियो एवं हीरो पादरी के समक्ष खड़े हुए और अभी वह उन दोनों को पति व पत्नी के रूप में घोषित करने वाला था, क्लाउडियो ने क्रोधित होते हुए निर्दोष हीरो को दोषी घोषित कर दिया।

"क्या मेरे लॉर्ड की तबीयत ठीक है, जो इस प्रकार की बातें कर रहे हैं?" स्तब्ध हीरो ने प्रश्न किया।

"माई लॉर्ड, आप कुछ बोलते क्यों नहीं हैं?" हतप्रभ लियोनाटो ने पेड्रो से पूछा।

"मैं इस विषय में क्या कह सकता हूँ!" राजकुमार ने उत्तर दिया, "मेरा तो स्वयं अपमान किया गया है, क्योंकि मैंने एक चरित्रहीन स्त्री से अपने मित्र का विवाह कराने का प्रयास किया। हम तीनों ने कल आधी रात को उसे अपनी खिड़की पर खड़े होकर किसी आदमी से बातें करते देखा था। मेरा भाई जॉन, मैं और बदनसीब क्लाउडियो यहाँ मौजूद हैं।"

"ऐसा लगता है कि अब विवाह नहीं होगा।" दु:खी बेनेडिक ने कहा।

"हे भगवान्!" कहकर हीरो रो पड़ी और मूर्च्छित हो गई। सबने सोचा कि वह मर गई!

क्लाउडियो और पेड्रो किसी निर्दयी व्यक्ति की तरह वहाँ से चले गए। किंतु बेनेडिक वहीं रुका रहा, क्योंकि बीट्राइस हीरो को जीवित करने की कोशिश कर रही थी।

"अब कैसी है वह ?" बेनेडिक ने पूछा।

"मेरे विचार से, वह मर गई है।" स्तब्ध एवं व्यथित बीट्राइस ने उत्तर दिया। वह अपनी चचेरी बहन से बहुत प्रेम करती थी और जानती थी कि वह कितनी अच्छी थी। उसने अपनी बहन के विरुद्ध कहे गए एक भी शब्द पर विश्वास करने से इनकार कर दिया। लेकिन उसके पिता लियोनाटो ने अपनी बेटी की शर्मसार करनेवाली खबर पर यकीन कर लिया। उसे रोते हुए देखना अत्यंत दु:खद था और वह चाहता था कि हीरो अब अपनी आँखें दोबारा कभी न खोले।

बहरहाल, वृद्ध पादरी एक बुद्धिमान व्यक्ति था और वह मानव प्रकृति को अच्छी तरह समझता था। जिस समय हीरो पर मिथ्या आरोप लगाया जा रहा था, उस दौरान पादरी ने उसे पहली ही नजर में देखकर महसूस कर लिया था कि वह एक निर्दोष लड़की थी।

"आप चाहें तो मुझे मूर्ख कह सकते हैं।" उसने लियोनाटो से कहा, "आपकी इच्छा हो तो आप मेरी आयु और अनुभव को अनदेखा कर सकते हैं। लेकिन मुझे इस बात में कोई संदेह नहीं है कि वह युवती वह अपराध करने की दोषी नहीं है, जिसे करने का उसके ऊपर आरोप लगाया गया है।"

सौभाग्यवश, हीरो को जल्दी ही होश आ गया और पादरी ने उससे बड़े प्यार से उस आदमी के बारे में पूछा, जिससे मिलने का उसके ऊपर आरोप लगाया गया था।

"मैं किसी को नहीं जानती हूँ।" हीरो ने उत्तर दिया और उसके बाद वह अपने पिता लियोनाटो की ओर मुड़ी। "ओह पापा, यदि आप इसे सिद्ध कर सकते हैं कि मैंने किसी अनुचित समय में किसी पुरुष से बात की है तो आपको पूरा अधिकार है कि आप मुझे दंडित करें या मुझे मार डालें।"

"लगता है, यहाँ कुछ गलतफहमी पैदा हो गई है।" पादरी ने कहा और उसने लियोनाटो को निर्देश दिया कि वह हीरो की मृत्यु की खबर फैला दे। उसे उसके लिए एक कब्र खोदनी होगी और उसका अंतिम संस्कार करना होगा।

"लेकिन क्यों?" लियोनाटो ने प्रश्न किया, "इससे कौन सी भलाई होने वाली है?"

"जब लोग हीरो की मृत्यु की खबर सुनेंगे तो उनके कुत्सित विचार करुणा में बदल जाएँगे।" पादरी ने उत्तर दिया, "जब क्लाउडियो को पता चलेगा कि हीरो की मृत्यु हो चुकी है तो उसे इसके बावजूद दुःख होगा कि उसने उसके बारे में कही गई बात पर विश्वास कर लिया था और उसे अपने कृत्य पर पश्चात्ताप होगा।"

बेनेडिक ने पादरी की सलाह से सहमति जताई और कहा कि यद्यपि वह राजकुमार एवं क्लाउडियो के काफी करीब था, फिर भी इस रहस्य को गुप्त रखेगा। अंततः लियोनाटो भी पादरी की सलाह से सहमत हो गया और पादरी उसे तथा हीरो को किसी आरामदायक स्थान पर ले गया। बीट्राइस एवं बेनेडिक दोनों को एक साथ अकेला छोड़ दिया गया। यही वह मुलाकात थी, जिसकी योजना उनके मित्रों ने बड़ी सावधानी से बनाई थी। लेकिन विडंबनात्मक रूप से वे दोनों अब एक साथ तो हो गए थे, परंतु खुशी की बजाय दुःख की घड़ी में। सबसे पहले बेनेडिक ने अपनी जबान खोली।

"लेडी बीट्राइस, क्या तुम अभी तक रो रही थीं?" उसने पूछा।

"हाँ, मैं कुछ देर और रोना चाहूँगी।" बीट्राइस ने उत्तर दिया।

"तुम्हारी चचेरी बहन के साथ छल किया गया है।" बेनेडिक ने अपनी बात पूरी की।

"जो भी व्यक्ति इस समय उसकी सहायता करेगा, उसे मैं अपना जीवन सौंप दूँगी।" बीट्राइस ने घोषणा की।

"क्या ऐसी मित्रता प्रदर्शित करने का कोई उपाय है?" बेनेडिक ने पूछा, "यह कहना विचित्र लग सकता है, लेकिन मेरे लिए तुम्हारे प्रेम से बढ़कर अन्य कोई चीज नहीं है।"

"मेरे लिए भी ऐसा ही कहना संभव होगा।" बीट्राइस ने उत्तर दिया, "लेकिन फिलहाल तो मैं केवल अपनी चचेरी बहन के बारे में सोच रही हूँ, किसी अन्य के विषय में नहीं।"

"मैं अपनी तलवार की सौगंध खाकर कहता हूँ कि मैं तुमसे प्रेम करता हूँ और तुम भी मुझसे प्रेम करती हो!" बेनेडिक ने उसे संबोधित करते हुए कहा, "तुम मुझे बताओ कि मैं तुम्हारे लिए क्या कर सकता हूँ?"

"क्लाउडियो को मार डालो!" बीट्राइस ने उससे कहा।

"नहीं! मुझे सारी दुनिया भी मिल जाए तो भी मैं उसकी हत्या नहीं करूँगा, क्योंकि मैं क्लाउडियो से प्रेम करता हूँ। मैं यह बात दावे से कह सकता हूँ कि मेरे मित्र के साथ छल किया गया है।"

"क्या क्लाउडियो द्वारा मेरी चचेरी बहन हीरो के साथ छल व विश्वासघात नहीं किया गया?" बीट्राइस ने पूछा।

"अरे, मैं यह कैसे कह सकता हूँ! आखिर मैं भी तो एक पुरुष हूँ!"

बेनेडिक ने बीट्राइस को समझाने की बहुत कोशिश की, लेकिन वह क्लाउडियो के बचाव में कही गई कोई भी बात सुनने को तैयार नहीं थी। बीट्राइस ने कहा कि यदि मेरी बहन के साथ किए गए छल को ठीक नहीं किया गया तो वह दुःख के मारे मर जाएगी। अंततः बेनेडिक उसके सामने झुक गया और क्लाउडियो के साथ लड़ने के लिए तैयार हो गया।

एक ओर जहाँ बीट्राइस बेनेडिक को क्लाउडियो के साथ लड़ने के

लिए राजी कर रही थी, वहीं दूसरी ओर लियोनाटो पेड्रो व क्लाउडियो के पास गया और अपनी बेटी की मृत्यु का कारण बनने के लिए उसने उन दोनों को लड़ने की चुनौती दी। लेकिन उन दोनों ने उसके दुःख और वृद्धावस्था का सम्मान करते हुए उससे कहा कि वह उन दोनों के साथ युद्ध न करे। इसके बाद बेनेडिक वहाँ पहुँचा और पेड्रो व क्लाउडियो से कहा कि उन्होंने जो गलती की है, उसकी भरपाई वे अपनी तलवारों से करें। उसने उन दोनों को द्वंद्व युद्ध की चुनौती दी।

"हमारे साथ युद्ध करने के लिए उसे बीट्राइस ने ही प्रोत्साहित किया है।" पेड्रो और क्लाउडियो ने एक-दूसरे से कहा। इससे पहले कि दो अच्छे मित्र एक-दूसरे के साथ लड़कर उनकी हत्या करें, सौभाग्यवश हीरो की बेगुनाही साबित करने के लिए ईश्वरीय न्याय ने हस्तक्षेप कर दिया।

बोराचियो की बुराई सामने आ चुकी थी और उसे राजकुमार के समक्ष प्रस्तुत किया गया। बोराचियो अपनी बेईमानी के बारे में बढ़-चढ़कर बातें कर रहा था, जिसे किसी ने सुन लिया और उसकी खबर दे दी। राजकुमार एवं क्लाउडियो के समक्ष दिए गए अपने बयान में बोराचियो ने कहा कि जिससे वह रात को बातें कर रहा था, वह हीरो के कपड़ों में मार्गरिट थी। यह पता लगने के बाद कि उसका षड्यंत्र उजागर हो गया है, जॉन अपने भाई के क्रोध से बचने के लिए मेसीना छोड़कर भाग गया।

जब उसे पता चला कि उसने गलत तरीके से हीरो पर दोष लगाया था, क्लाउडियो का हृदय दुःख से भर गया। यहाँ तक कि पेड्रो भी खुद को अत्यंत लज्जित महसूस कर रहा था। क्लाउडियो ने लियोनाटो, उसकी पुत्री और उसके परिवार को क्षति पहुँचाने के लिए उनसे क्षमा-याचना की।

"जिस स्त्री को मैं इतना अधिक प्रेम करता था और जिसके साथ

मेरा विवाह होने वाला था, उसके विरुद्ध लगाए गए मिथ्या आरोप पर विश्वास करने के लिए आप मुझे जो भी दंड देंगे, उसे सहने के लिए मैं तैयार हूँ।" क्लाउडियो ने लियोनाटो से कहा।

"कल सुबह तुम्हें हीरो की चचेरी बहन के साथ विवाह करना होगा।" लियोनाटो ने उससे गंभीरतापूर्वक कहा, "यही तुम्हारा दंड होगा। वह हीरो की तरह ही दिखाई देती है और मैंने अब अपनी सारी संपत्ति उसे देने का निर्णय लिया है।"

चूँकि क्लाउडियो वचन दे चुका था, वह उस अज्ञात स्त्री के साथ विवाह करने के लिए राजी हो गया।

लेकिन उसका दिल टूट गया था और उसने सारी रात हीरो की कब्र पर बने पत्थर के क्रॉस के सामने बैठकर रोते हुए बिताई थी। अगली सुबह राजकुमार क्लाउडियो को साथ लेकर चर्च गया, जहाँ लियोनाटो ने क्लाउडियो को वह स्त्री दिखाई, जिसके साथ उसे विवाह करना था। लेकिन उसका चेहरा ढका हुआ था, इसलिए क्लाउडियो उसका चेहरा नहीं देख सका।

"यदि तुम मेरे साथ विवाह करोगी तो मैं तुम्हारा पति बनने के लिए तैयार हूँ।" क्लाउडियो ने अपरिचिता से कहा, जिसने अपने चेहरे से परदा हटा दिया। वहाँ उपस्थित प्रत्येक व्यक्ति उसे देखकर स्तब्ध रह गया! वह स्त्री कोई और नहीं, बल्कि स्वयं हीरो थी!

क्लाउडियो की खुशी का कोई ठिकाना न रहा, क्योंकि उसने सोचा था कि हीरो की मृत्यु हो चुकी थी।

"क्या यह हीरो है?" राजकुमार चिल्लाया, "लेकिन क्या इसकी मृत्यु नहीं हो गई थी?"

"वह तभी तक मृत थी, जब तक कि उसके विरुद्ध लगाया गया आरोप जीवित था, माई लॉर्ड।" लियोनाटो ने स्पष्ट किया। पादरी ने

वचन दिया कि एक बार विवाह का कार्यक्रम संपन्न हो जाने के बाद वह सारी बात विस्तार के साथ स्पष्ट कर देगा। लेकिन पादरी जैसे ही क्लाउडियो और हीरो का विवाह कराने के लिए आगे बढ़ा, बेनेडिक ने उसे बीच में ही रोक दिया, क्योंकि वह बीट्राइस के साथ विवाह करना चाहता था। शुरुआत में बीट्राइस ने ऐसा करने से मना कर दिया। बेनेडिक ने उससे कहा कि अब तुम्हें मुझसे प्रेम करने की बात स्वीकार करनी होगी, क्योंकि उसे इस बात की जानकारी हीरो से ही प्राप्त हुई थी।

उसके बाद एक सुखद स्पष्टीकरण सामने आया और बेनेडिक एवं बीट्राइस को पता चल गया कि उन्हें एक-दूसरे के प्रति प्रेम करने के लिए कोई चाल चली गई थी, जबकि पहली नजर में उन दोनों के बीच किसी प्रेम का अस्तित्व नहीं था। लेकिन जिस प्रेम को युक्ति के बीजों से बोया गया था, वह अब खिलकर सुंदर एवं सशक्त फूल का रूप ले चुका था, जिसे एक झटके में अलग नहीं किया जा सकता था।

बेनेडिक ने बीट्राइस के साथ अपनी ठिठोली जारी रखी और उससे कहा कि वह तो उसके ऊपर दया दिखाते हुए विवाह कर रहा था, क्योंकि उसने सुना था कि बीट्राइस मेरे प्रेम में मरी जा रही थी। बीट्राइस ने प्रतिवाद करते हुए कहा कि वह इस विवाह के लिए इसलिए तैयार हुई है, क्योंकि उसे बार-बार यही समझाया जा रहा था कि मैं बेनेडिक का खयाल रखूँ, क्योंकि वह गंभीर रूप से बीमार था।

इस प्रकार, दो ईर्ष्यालु पात्र न केवल मित्र बन गए, बल्कि उन्होंने हीरो व क्लाउडियो के विवाह के फौरन बाद आपस में विवाह भी कर लिया। जॉन को पकड़कर मेसीना लाया गया। उस दुष्ट के लिए सबसे उपयुक्त सजा यही थी कि उसके षड्यंत्र के विफल हो जाने के बाद वह मेसीना के महल में होनेवाले उत्सवों का साक्षी बने।

□

4

जैसी आपकी इच्छा

कई वर्षों पूर्व फ्रांस का एक भाग एक ऐसे राजा द्वारा शासित था, जिसने उसके वैध शासक एवं अपने बड़े भाई से सत्ता हड़प ली थी। असली राजा को वहाँ से भगा दिया गया था, जो अपने समर्थकों के साथ आर्डेन के जंगल में जाकर रहने लगा। उसका भाई उसकी भूमि एवं संपत्ति का नियंत्रण प्राप्त करने के बाद अमीर हो गया। वन का जीवन महल के जीवन की अपेक्षा सुखद एवं उन्मुक्त था। शीघ्र ही असली राजा के अधीन वन में अनेक अन्य लोगों का समूह शामिल हो गया।

असली राजा की रोजालिंड नाम की एक लड़की थी, जिसे उसके छोटे भाई और गैर-कानूनी ड्यूक फ्रेडरिक ने अपनी बेटी सेलिया का साथ देने के लिए महल में ही रख लिया था। दोनों लड़कियों के बीच इतना गहरा लगाव था कि वह उनके पिताओं के बीच उत्पन्न हुए मतभेदों से जरा सा भी प्रभावित नहीं हुआ था। सेलिया रोजालिंड के प्रति इतनी अधिक दयालु थी कि उसका वर्णन शब्दों में नहीं किया जा सकता था। रोजालिंड जब भी कभी अपने बदनसीब पिता की स्थिति पर विचार करके व्यथित होती थी तो सेलिया उसे सांत्वना देती थी।

एक दिन राजा ने अपने महल के मैदान में कुश्ती की प्रतियोगिता का आयोजन किया और दोनों लड़कियों को उसे देखने के लिए आमंत्रित

किया, जो बस, शुरू ही होने वाली थी। यह सोचकर कि रोजालिंड कुश्ती का खेल देखकर खुश हो जाएगी, सेलिया सहमत हो गई। उन दिनों राजाओं के महलों में कुश्ती एक पसंदीदा खेल हुआ करता था। जैसे ही रोजालिंड एवं सेलिया वहाँ पहुँचीं, उनके समक्ष यह बात स्पष्ट हो गई कि कुश्ती की वह प्रतियोगिता एकपक्षीय थी।

कुश्ती की कला में प्रवीण एक शैतान सरीखे पहलवान के सामने एक युवक को लड़ने के लिए उतार दिया गया था। उन दोनों की जोड़ी को देखने से यह बात निश्चित हो गई थी कि युवक की पराजय एवं त्रासद मृत्यु निश्चित थी।

"इस प्रतियोगिता में कोई आनंद नहीं आने वाला है, क्योंकि यह एकपक्षीय होने वाली है। लड़कियो, तुम उस युवक से बात करो और देखो कि क्या तुम उसे कुश्ती न लड़ने के लिए सहमत करके उसका जीवन बचा सकती हो?" राजा ने अपनी पुत्री और भतीजी से अनुरोध किया।

पहले सेलिया ने प्रयास किया; परंतु युवक ने उसके अनुरोध को ठुकरा दिया। इसके बाद रोजालिंड ने उस युवक से विनम्रतापूर्वक बात की। लेकिन उसके अनुरोध से सहमत होने की बजाय वह नौजवान कुश्ती लड़ने के प्रति और भी अधिक दृढ़ निश्चयी हो गया, ताकि वह प्यारी रोजालिंड को प्रभावित कर सके।

"मैं आप दोनों सुंदर युवतियों से क्षमा चाहता हूँ, क्योंकि मुझे आपकी किसी भी बात के लिए मना नहीं करना चाहिए।" युवक ने घोषणा की, "लेकिन आप अपनी सुंदर आँखों एवं सौम्य मन को प्रतियोगिता के दौरान आनंदित होने दीजिए। यदि मेरी पराजय होती है तो मैं मरने के लिए तैयार हूँ, क्योंकि मेरे पीछे रोनेवाला कोई भी नहीं है। मैं दुनिया में जो स्थान रिक्त छोड़कर जाऊँगा, वह किसी योग्य व्यक्ति द्वारा अच्छी तरह भर दिया जाएगा।"

जैसे ही कुश्ती की प्रतियोगिता प्रारंभ हुई, सेलिया ने आशा की कि युवक सुरक्षित बना रहे। लेकिन रोजालिंड ने उसके बारे में अधिक गहराई से महसूस किया, क्योंकि उसने महसूस किया कि उसकी तरह वह भी दुनिया में अकेला था। न तो उसका कोई मित्र था और न ही कोई शुभचिंतक। उसके प्रति रोजालिंड की करुणा एवं रुचि इतनी अधिक थी कि वह उस अपरिचित युवक से लगभग प्रेम ही कर बैठी। दोनों युवतियों द्वारा उसके प्रति दिखाई गई हमदर्दी के कारण युवक का उत्साह जबरदस्त था। उसने प्रतियोगिता में अभूतपूर्व शौर्य एवं साहस का प्रदर्शन किया। उसका प्रतिद्वंद्वी बुरी तरह पराजित एवं घायल हो गया था।

ड्यूक फ्रेडरिक उस युवक की वीरता एवं मल्ल-कौशल से अत्यंत प्रसन्न थे। उन्होंने अपरिचित युवक से उसका नाम पूछा और उसके परिवार के बारे में जानकारी प्राप्त करने की कोशिश की, क्योंकि वे उसे अपनी निजी शाखा में शामिल करने के इच्छुक थे।

"मेरा नाम ओरलैंडो है और मैं सर रोलैंड डि ब्वायज का सबसे छोटा पुत्र हूँ।" युवा अपरिचित ने उत्तर दिया। सर रोलैंड डि ब्वायज की कुछ वर्षों पूर्व मृत्यु हो चुकी थी। किंतु जब वे जीवित थे तो वे पूर्व राजा के वफादार, अनुयायी एवं अच्छे मित्र थे। उनका नाम सुनते ही फ्रेडरिक की सारी चाहत तत्काल घृणा में परिवर्तित हो गई। वह आगबबूला हो उठा और क्रोध से काँपने लगा। जाने से पहले उसने कहा कि वह चाहता था कि ओरलैंडो किसी अन्य व्यक्ति का पुत्र होता।

रोजालिंड को यह जानकर अत्यंत प्रसन्नता हुई कि ओरलैंडो उसके पिता के स्वर्गीय मित्र का पुत्र था। उसने अपने गले की चेन उतारकर ओरलैंडो को उपहार के रूप में भेंट कर दी।

"आप मेरे लिए इसे पहन लीजिए, सर।" उसने कहा, "मेरी इच्छा थी कि काश, मैं आपको इससे भी कोई अधिक मूल्यवान् उपहार दे पाती!"

फ्रेडरिक अपनी भतीजी से पहले ही कुछ रुष्ट था, क्योंकि उसके अधीनस्थ कर्मचारी उसकी अच्छाइयों की प्रशंसा करते थे और सोचते थे कि उसके एवं उसके पिता के साथ जो कुछ हुआ, वह उचित नहीं था।

"इस महल से फौरन बाहर निकल जाओ!" फ्रेडरिक ने रोजालिंड के कमरे में जाकर उसे आदेश दिया।

सेलिया, जो उस समय उसी कमरे में थी, ने अपने पिता के आदेश का विरोध किया।

"मैंने रोजालिंड को यहाँ रहने की अनुमति केवल इसलिए दी थी, क्योंकि तुम चाहती थीं।" फ्रेडरिक ने सेलिया से क्रोधित होते हुए कहा।

"मैंने उस समय उसे यहाँ रहने देने के लिए आपसे विनती नहीं की थी, क्योंकि उसका महत्त्व समझने के लिए मैं उस समय अत्यंत छोटी थी।" सेलिया ने उत्तर दिया, "लेकिन अब मैं रोजालिंड का महत्त्व जानती हूँ। हम दोनों एक साथ जिए, सोए, खाए और खेले हैं। सीधी सी बात है कि मैं रोजालिंड के बिना नहीं रह सकती हूँ।"

"वह तुम्हारे प्रति अत्यधिक चतुर है।" फ्रेडरिक ने उत्तर दिया।

"वह अपने प्रति लोगों की करुणा जाग्रत् करती है और तुम्हें मूर्ख बना रही है। मेरा आदेश अब नहीं बदलेगा!"

सेलिया ने रोजालिंड के साथ वन में जाकर असली राजा से मिलने का निर्णय लिया। लेकिन सावधानी के तौर पर उस रात महल से निकलने से पूर्व उन दोनों ने ग्रामीणों का वेश धारण कर लिया।

"मैं एक देसी लड़के की तरह कपड़े पहनूँगी।" रोजालिंड ने निर्णय किया, "मुझे गैनीमीड के नाम से पुकारना।"

सेलिया ने देहाती लड़की बनने का निर्णय लिया, "मुझे एलीना के नाम से पुकारना।" उसने घोषणा की।

इसके बाद दोनों राजकुमारियाँ आर्डेन के जंगल की लंबी यात्रा पर निकल पड़ीं, जो राजा की जमीनों की सीमा से आगे स्थित था। रोजालिंड या गैनीमीड ने पुरुषों के कपड़े पहनकर अपने अंदर पुरुषों जैसा साहस विकसित कर लिया था। वे दोनों जब आर्डेन के जंगल में पहुँचीं तो थककर चूर हो चुकी थीं और इन्हें इस बात का भी ज्ञान नहीं था कि वे ड्यूक को कहाँ खोजें? सौभाग्यवश, जैसे ही वे दोनों घास पर बैठीं, उन्हें उनके समीप एक ग्रामीण जाता हुआ दिखाई पड़ा। गैनीमीड ने उससे भोजन एवं रहने का स्थान उपलब्ध कराने का अनुरोध किया। वह ग्रामीण, जो किसी गड़रिए का नौकर था, उन्हें अपने मालिक के मकान पर ले गया। गड़रिया भी किसी ऐसे व्यक्ति की तलाश में था, जो उसका घर खरीद ले। इसलिए गैनीमीड उर्फ रोजालिंड ने उसका घर और भेड़ें दोनों खरीद लीं। दोनों राजकुमारियों ने गड़रिए एवं गड़रिन के रूप में अपनी नई जिंदगी की शुरुआत की। लेकिन कभी-कभी गैनीमीड को यह बात याद आ जाती थी कि वह वास्तव में लेडी रोजालिंड थी, जो ओरलैंडो से प्रेम करती थी। दोनों युवतियों को इस बात की कोई जानकारी नहीं थी कि उस समय ओरलैंडो भी आर्डेन के जंगल में ही मौजूद था। ओरलैंडो को उसके पिता सर रोलैंड डि ब्वायज द्वारा अपनी मृत्यु से पूर्व उसके बड़े भाई ओलिवर की निगरानी में सौंप दिया गया था। लेकिन ओलिवर ने अपने पिता के निर्देशों का कभी पालन नहीं किया और उसने ओरलैंडो को कभी स्कूल भी नहीं भेजा। लेकिन ओरलैंडो को अच्छी योग्यताएँ अपने पिता से विरासत में मिली थीं, इसलिए उसने केवल पर्यवेक्षण (देख-सुनकर) के माध्यम से उत्तम श्रेणी की शिक्षा प्राप्त कर ली थी। ईर्ष्यालु ओलिवर अपने छोटे भाई से इतनी घृणा करता था कि उसने उसकी हत्या करने का निर्णय कर लिया। उसने उसे मशहूर पहलवान के साथ कुश्ती लड़ने के लिए जान-बूझकर भेजा था, ताकि वह मारा जाए, क्योंकि उस पहलवान ने पहले भी अपने कई प्रतिद्वंद्वियों को मार डाला था।

जब ओरलैंडो ने उस पहलवान को पराजित कर दिया तो ओलिवर ने अपने भाई के कमरे में आग लगाने का निर्णय लिया। लेकिन परिवार के एक पुराने नौकर एडम ने ओरलैंडो को संभावित खतरे के प्रति सचेत कर दिया और उसे वहाँ से फौरन भाग जाने के लिए कहा। एडम ने अपनी बचत की नन्ही थैली ओरलैंडो के हवाले कर दी।

एडम ने ओरलैंडो से कहा, "इस थैली में सोने के 500 पौंड हैं। आपके पिता का शुक्रिया कि मैं अपने बुढ़ापे के लिए यह राशि बचा सका। मेरी आपसे केवल इतनी ही प्रार्थना है कि यद्यपि मैं बूढ़ा हो चला हूँ, फिर भी मुझे अपना सेवक बना रहने दीजिए।"

"हे श्रेष्ठ पुरुष!" ओरलैंडो ने उसे संबोधित किया, "हम दोनों एक साथ यात्रा करेंगे और आपकी बचत की गई राशि के समाप्त होने से पूर्व ही मैं हम दोनों के भरण-पोषण का प्रबंध कर लूँगा।"

ओरलैंडो और एडम ने आर्डेन के जंगल की यात्रा प्रारंभ कर दी। जब एडम भूख व थकान के मारे लगभग अधमरा हो चुका था, ओरलैंडो ने अपने पुराने नौकर को अपनी बाँहों में उठा लिया और उसे पास के पेड़ों की छाया में ले गया।

"अलविदा मालिक!" एडम ने कहा, "मेरे विचार से, मेरा समय आ चुका है।"

"आशा मत छोड़ो, एडम।" ओरलैंडो ने उससे अनुरोध किया, "आप यहाँ कुछ देर विश्राम करो, तब तक मैं कुछ भोजन एवं जल की तलाश में जाता हूँ।"

सौभाग्यवश, ओरलैंडो उस स्थान पर पहुँच गया, जहाँ ड्यूक और उसके दल के अन्य लोग थे। वे लोग अभी भोजन करने के लिए बैठे ही थे कि ओरलैंडो वहाँ पहुँच गया। भूख के कारण आधा पागल हो चुके ओरलैंडो ने खाना देखते ही अपनी तलवार निकाल ली और जोर से

चिल्लाया, "अधिक मत खाओ! मैं भी तुम्हारा भोजन अवश्य लूँगा!"

"क्या तुम्हारे दुर्भाग्य ने तुम्हें इतना हिंसक बना दिया है, नौजवान?" ड्यूक ने उससे प्रश्न किया, "या तुम कोई बुरे आदमी हो, जिसके पास सभ्यता का अभाव है?"

ओरलैंडो ने उन्हें बताया कि वह भूख से तड़प रहा था और ड्यूक ने उसे अपने साथ खाना खाने के लिए आमंत्रित किया। ओरलैंडो अत्यंत लज्जित था, इसलिए उसने राजा से क्षमा-याचना की।

"कृपया मेरी क्षमा-याचना स्वीकार कीजिए, क्योंकि मैंने अनुमान लगाया था कि यहाँ प्रत्येक चीज जंगली होगी।" ओरलैंडो ने अपनी बात पूरी की। "मैं यह तो नहीं जानता कि आप कौन हैं, लेकिन यदि आपने कभी अच्छे दिन देखे हैं और किसी भले आदमी की खाने की मेज पर बैठे हैं और कभी उस स्थान पर रहे हैं, जहाँ चर्च की घंटियाँ सुनाई देती हैं तो मैं आपसे प्रार्थना करता हूँ कि आप मुझ पर दया कीजिए।"

"यह बात सच है कि हम वे लोग हैं, जिन्होंने अच्छे दिन देखे हैं।" ड्यूक ने उत्तर दिया, "यद्यपि इस समय हम इस भयानक जंगल में रहते हैं, लेकिन हमने शहरों और कस्बों में भी निवास किया है। इसलिए हमारे साथ बैठो और जितनी तुम्हारी इच्छा हो, उतना खाओ।"

"एक गरीब बूढ़ा आदमी केवल मेरे प्रेम के कारण मेरे पीछे-पीछे मीलों-मील पैदल चलता हुआ आया है और वह भूख से मर रहा है।" ओरलैंडो ने कहा, "वह भूख से तड़प रहा है। जब तक वह कुछ खा नहीं लेता, तब तक मैं खाना नहीं खा सकता हूँ।"

"उसे यहाँ लेकर आओ।" ड्यूक ने आदेश दिया, " हम लोग तब तक नहीं खाएँगे, जब तक कि तुम उसे लेकर वापस नहीं आ जाते हो।"

ओरलैंडो एडम नामक उस बूढ़े आदमी को अपनी बाँहों में उठाए

हुए वापस लौटा। एडम को खाना खिलाया गया, जिससे उसकी चेतना वापस लौट आई। यह पता चलने के बाद कि ओरलैंडो उसके पुराने मित्र का पुत्र था, ड्यूक ने उसे अपने सेवक के रूप में अपने कर्मचारियों में शामिल कर लिया। गैनीमीड और एलीना यह देखकर अत्यंत चकित थे कि जंगल के पेड़ों पर स्थान-स्थान पर रोजालिंड का नाम खुदा हुआ था। उसके नीचे रोजालिंड को संबोधित प्रेम गीत लिखे हुए थे। अभी वे दोनों यह सोचकर चकित ही हो रही थीं कि ऐसा कैसे हुआ होगा कि वे ओरलैंडो से टकरा गईं और उसे अपने गले में रोजालिंड द्वारा दी गई जंजीर पहने देखा। ओरलैंडो इस बात से अनजान था कि गैनीमीड वास्तव में रोजालिंड थी, जिसने अपना वेश बदला हुआ था, जिसने उसका दिल जीत लिया था। यही कारण था कि ओरलैंडो ने जंगल के पेड़ों पर रोजालिंड का नाम उकेर दिया था। लेकिन जिस तरह वह गड़रिए का लड़का दिखाई दे रहा था, वह उसे बड़ा अच्छा लगा। वह उसे बिल्कुल रोजालिंड जैसा ही महसूस हो रहा था। उसने उसके साथ बातचीत करना शुरू कर दिया।

"यहाँ निश्चय ही कोई प्रेमी है, जो जंगल के पेड़ों पर 'रोजालिंड' उकेरकर उन्हें खराब कर रहा था।" गैनीमीड ने कहा, "यदि मुझे वह प्रेमी मिल जाए तो मैं उसे इतनी अच्छी सलाह दूँगा, जिससे उसका इलाज हो जाएगा।"

"जिस मूर्ख प्रेमी की तुम बात कर रहे हो, वह मैं ही हूँ।" ओरलैंडो ने स्वीकार किया और उसे अपनी अच्छी सलाह देने का आग्रह किया।

"रोजाना मेरे घर आओ।" गैनीमीड ने उसे सुझाव दिया, "मैं तुमसे रोजालिंड बनकर बात करूँगा और तुम मेरे साथ वैसे ही बात करोगे, जैसे रोजालिंड से करते थे। लड़कियाँ अपने प्रेमियों से कैसे बात करती हैं, मैं उसकी नकल करूँगा और जल्द ही तुम्हारे प्रेम का इलाज कर दूँगा।"

ओरलैंडो रोजाना गैनीमीड और एलीना के घर जाने लगा। जब वह

गैनीमीड से बात करता था तो ऐसे शब्दों का प्रयोग करता था, जो युवतियों को प्रिय लगते थे। लेकिन वे दोनों उसका इलाज करने की बात भूल गईं और रोजालिंड के प्रति उसका प्रेम और दृढ़ होता गया। चूँकि अभी तक ओरलैंडो रोजालिंड को पहचान नहीं पाया था, इसलिए उसने सोचा कि यह केवल एक खेल है और इस खेल में जितनी खुशी उसे मिलती थी, उतनी ही उन लड़कियों को भी मिलती थी। हालाँकि, रोजालिंड एक दिन गैनीमीड के रूप में ड्यूक से मिल चुकी थी, फिर भी अभी उसने अपने पिता के समक्ष अपनी पहचान उजागर नहीं की थी। जब ड्यूक ने गैनीमीड से पूछा कि वह किस परिवार से आता है, तो उसने उन्हें बताया था कि वह आप जैसे ही किसी अच्छे परिवार का है। उसका उत्तर सुनकर ड्यूक मुसकरा पड़ा और गैनीमीड ने निर्णय किया कि वह अभी कुछ और समय तक अपने रहस्य को बनाए रखेगी।

एक दिन जब ओरलैंडो गैनीमीड से मिलने जा रहा था तो उसने एक आदमी को जमीन पर सोते हुए देखा, जिसके गले में एक लंबा सा हरा साँप लिपटा हुआ था। ओरलैंडो को देखते ही साँप वहाँ से भाग गया। ओरलैंडो उस आदमी के निकट गया तो देखा कि उससे कुछ दूरी पर एक शेरनी बैठी थी। वह उस सोए हुए आदमी के जागने की प्रतीक्षा कर रही थी, ताकि वह उसे अपना शिकार बना सके। (कहा जाता है कि शेर कभी किसी मृत या सोए हुए व्यक्ति पर आक्रमण नहीं करते हैं।)

ओरलैंडो ने यह भी देखा कि जमीन पर सोया हुआ व्यक्ति कोई और नहीं, बल्कि उसका भाई ओलिवर था, जिसने उसके साथ अत्यंत क्रूरतापूर्ण व्यवहार किया था। पल भर के लिए ओरलैंडो ने सोचा कि वह वहाँ से चला जाए और उसके जागने के बाद उसका सामना अपनी निश्चित मृत्यु से हो जाए। लेकिन अपने भाई के प्रति उसके प्रेम ने उसके क्रोध पर विजय पा ली और उसने शेरनी पर आक्रमण करने के लिए

अपनी तलवार निकाल ली। उस लड़ाई में ओरलैंडो ने शेरनी को मार डाला, लेकिन वह खुद भी घायल हो गया।

जिस समय ओरलैंडो शेरनी से लड़ रहा था, उसी समय ओलिवर की नींद खुल गई। जब उसकी जान बचाने के लिए उसने अपने भाई को शेरनी से लड़ते देखा तो उसका मन लज्जा एवं अपराध-बोध से भर गया। यह वही भाई था, जिसकी ओलिवर ने हत्या करने की कोशिश की थी। क्या वह इस जंगल में ओरलैंडो की हत्या करने आया था? ओलिवर ने अपने कृत्य के लिए अपने भाई से क्षमा माँगी। ओरलैंडो ने उसे तत्काल क्षमा भी कर दिया। उसी क्षण से ओलिवर ओरलैंडो के साथ अपने सगे भाई की तरह प्रेम करने लगा।

चूँकि घायल होने के कारण ओरलैंडो का काफी खून बह गया था, इसलिए वह कुछ कमजोर महसूस कर रहा था। वह गैनीमीड से मिलने के लिए उसके घर तक जा पाने में असमर्थ था, इसलिए उसने ओलिवर को इस दुर्घटना के संदेश के साथ उनके घर भेज दिया। गैनीमीड और एलीना से मिलने के बाद ओलिवर ने उन्हें बताया कि ओरलैंडो ने कैसे उसकी जान बचाई थी। उसने उन दोनों को ओरलैंडो के साथ की गई अपनी क्रूरता के किस्से भी सुनाए और यह भी बताया कि अपनी करतूतों के प्रति वह काफी लज्जित है और अब पश्चात्ताप करना चाहता है। उसकी दुःख एवं पश्चात्ताप की भावना इतनी वास्तविक थी कि कोमल हृदय वाली एलीना उससे मन-ही-मन प्रेम कर बैठी। ओलिवर भी उसकी करुणा को देखते हुए उसके प्रति मोहित हो गया। लेकिन यह दुःखद समाचार पाकर गैनीमीड मूर्च्छित हो गया, जिससे ओलिवर अत्यंत चकित हुआ। ओलिवर की मुलाकात कुछ अधिक ही लंबी हो गई थी। लेकिन जब वह वापस आया तो उसके पास ओरलैंडो को बताने के लिए काफी कुछ था। उसने उसे एलीना के प्रति अपने अभिनव प्रेम के बारे में भी बताया और उससे यह भी कहा कि किस प्रकार तुम्हारा समाचार मिलने के बाद कि तुम घायल

हो गए हो, गैनीमीड मूर्च्छित हो गया था।

"मैंने एलीना के साथ विवाह करके एक गड़रिए की तरह जीवन बिताने का निर्णय लिया है।" ओलिवर ने ओरलैंडो को सूचित किया, "मैं अपनी जमीन और घर तुम्हें दे दूँगा।"

"बड़ी अच्छी बात है।" ओरलैंडो ने उत्तर दिया, "तुम कल ही अपना विवाह कर लो। मैं ड्यूक और उनके मित्रों को तुम्हारे विवाह में आमंत्रित करूँगा। तुम अपनी होनेवाली पत्नी (गड़रिन) के पास जाओ और उसे यह खबर दे दो, क्योंकि वह अभी अकेली है। देखो, उसका भाई इधर ही आ रहा है!"

वह गैनीमीड था, जो ओरलैंडो के स्वास्थ्य की जानकारी लेने आया था। उन दोनों ने ओलिवर एवं एलीना के विवाह के बारे में बातें कीं और ओरलैंडो ने इच्छा जाहिर की कि किसी दिन वह भी रोजालिंड के साथ विवाह करेगा।

"यदि तुम सचमुच रोजालिंड से प्रेम करते हो तो तुम्हारी इच्छा अवश्य पूर्ण होगी।" गैनीमीड ने उससे रहस्यपूर्ण ढंग से कहा। उसने ओरलैंडो से कहा कि वह तुम्हारी यह इच्छा अपने जादू की सहायता से पूरी करेगा, जो उसने अपने प्रसिद्ध जादूगर चाचा से सीखा है।

"क्या तुम सचमुच ऐसा कर सकते हो?" अर्ध-आशंकित एवं अर्ध-आशान्वित ओरलैंडो ने पूछा। गैनीमीड बनी रोजालिंड ने कहा कि हाँ, वह ऐसा कर सकती है और ओरलैंडो को अगले दिन रोजालिंड के साथ विवाह करने के लिए तैयार रहने को कहा।

अगले दिन दोहरे विवाह की तैयारियाँ की गईं; यद्यपि वहाँ मौजूद प्रत्येक व्यक्ति ने यही सोचा कि गैनीमीड ओरलैंडो का मजाक बना रहा था।

"क्या तुम सचमुच सोचते हो कि गड़रिए का वह लड़का ऐसा काम करने में सक्षम है?" ड्यूक ने ओरलैंडो से पूछा। उसे बताया गया कि उसकी अपनी बेटी इस तरीके से उसके सामने लाई जाएगी।

"मुझे कुछ समझ में नहीं आ रहा है कि मैं क्या सोचूँ!" ओरलैंडो ने उत्तर दिया।

उसी समय गैनीमीड वहाँ प्रकट हुआ और उसने ड्यूक से पूछा कि क्या वह ओरलैंडो के साथ विवाह करने के लिए रोजालिंड का हाथ उसके हाथ में देंगे?

"यदि मेरे पास उसे देने के लिए जमीन होती तो मैं अवश्य ही उसका विवाह ओरलैंडो के साथ करवा देता।"

"यदि मैं उसे यहाँ ले आऊँ तो क्या तुम उसके साथ विवाह करोगे?" गैनीमीड ने ओरलैंडो से पूछा।

"यदि मेरे पास ढेर सारी जमीन होती तो मैं उसके साथ अवश्य विवाह करता।" ओरलैंडो ने उत्तर दिया।

इसके बाद गैनीमीड व एलीना वहाँ से चले गए। गैनीमीड ने दोबारा लेडी रोजालिंड बनने के लिए अपने पुरुषों वाले कपड़े उतार फेंके, जबकि एलीना ने खुद लेडी सेलिया के कपड़े पहन लिये।

"वह गड़रिए का लड़का मेरी बेटी रोजालिंड जैसा दिखाई देता है।" ड्यूक ने कहा।

"मैं भी ऐसा ही सोचता हूँ।" ओरलैंडो ने उत्तर दिया।

तभी रोजालिंड एवं सेलिया ने प्रवेश किया। रोजालिंड अपने घुटनों पर ड्यूक के कदमों में बैठ गई और उनका हाथ चूम लिया। वहाँ उपस्थित प्रत्येक व्यक्ति यह देखकर चकित था, मानो वह अपने आप में ही कोई जादू हो! इसके बाद रोजालिंड ने उन्हें पूरी कहानी बताई कि कैसे उसने

व सेलिया ने महल छोड़ा और इस जंगल में कष्ट उठाते हुए रह रही थीं। इस प्रकार रोजालिंड का विवाह ओरलैंडो के साथ और सेलिया का विवाह ओलिवर के साथ संपन्न हो गया। विवाह समारोह के दौरान ही कोई संदेश-वाहक अच्छी खबर लेकर आया! ड्यूक की संपत्ति एवं उसका वैध पद उसे वापस लौटा दिया गया था।

सेलिया के महल से भाग जाने के बाद उसका पिता फ्रेडरिक अत्यंत क्रोधित हुआ और एक विशाल सेना लेकर जंगल की ओर रवाना हो गया था। उसका इरादा अपने भाई और उसके सभी साथियों की हत्या करने का था। लेकिन उसने जैसे ही जंगल में प्रवेश किया, उसकी मुलाकात एक धर्मोपदेशक से हुई, जिसने फ्रेडरिक के साथ लंबी वार्त्ता की। उस धर्मगुरु ने फ्रेडरिक को उसकी मूर्खता महसूस कराकर उसकी आँखें खोल दीं। वास्तविक पश्चात्तापी फ्रेडरिक ने अपने तौर-तरीके बदलने और अपने भाई की हड़पी हुई सत्ता एवं उसका पद उसे लौटाने का निर्णय लिया। उसने अपने किए हुए दुष्कर्मों के लिए प्रायश्चित्त करने और अपना शेष जीवन उस धर्मोपदेशक के साथ बिताने का निर्णय लिया। इसी की सूचना देने के लिए उसने अपने भाई के पास दूत भेजा था। विवाह के समय यह सुखद सूचना केक पर बर्फ के समान थी। सेलिया रोजालिंड के लिए अपने अंतर्मन से प्रसन्न थी, यह बात अलग थी कि अब उसकी बजाय रोजालिंड अमीर हो गई थी।

अंततः ड्यूक अपने उन धीर-गंभीर अनुयायियों को पुरस्कृत कर सके, जिन्होंने सुख-दुःख में अपने राजा का साथ निभाया था और उसके प्रति समर्पित व निष्ठावान् बने रहे। उन्होंने महल एवं जंगल दोनों स्थानों पर उसकी भरपूर सेवा की। उसके अनुयायी यह सोचकर प्रसन्न थे कि उनका वास्तविक राजा अब एक बार फिर अपने महल में अपार वैभव एवं शांति के बीच लौट आया है।

□

5

वेनिस का व्यापारी

वेनिस में शाइलॉक नाम का एक यहूदी रहता था। वह ईसाई व्यापारियों को ऊँची ब्याज दरों पर पैसे उधार देकर अत्यंत अमीर बन गया था। वह बहुत कठोर दिलवाला आदमी था और अपने उधार दिए हुए पैसों को वापस लेने के लिए वह अपने कर्जदारों के साथ बड़ी निर्ममता से पेश आता था। उसके इस व्यवहार ने उसे वेनिस में सर्वाधिक घृणित व्यक्ति बना दिया था। एंटोनियो नामक वेनिस का एक युवा व्यापारी शाइलॉक से खासतौर से घृणा करता था और शाइलॉक भी उससे उतनी ही घृणा करता था। इसका कारण यह था कि एंटोनियो जरूरतमंद लोगों को उनकी जरूरत के अनुसार पैसा दिया करता था और उनसे कोई ब्याज भी नहीं लेता था। शाइलॉक के कठोर व्यापारिक तौर-तरीकों को लेकर एंटोनियो हमेशा उसकी आलोचना किया करता था और शाइलॉक उसकी शिकायतों एवं अपमान को बड़े धैर्य से सहन कर लेता था, जबकि वह गुप्त रूप से उससे बदला लेने की योजना भी बनाता रहता था।

एंटोनियो अत्यंत दयालु हृदयवाला व्यक्ति था। जो लोग उसे जानते थे, वे उसका बहुत आदर किया करते थे। बासैनियो नामक एक श्रेष्ठ वेनिस निवासी उसका सर्वोत्तम मित्र था, जिसने अपनी सारी दौलत अपने ऐश्वर्यपूर्ण जीवन-यापन में नष्ट कर दी थी। वह भी उन्हीं लोगों में से एक था, जो थोड़ी दौलतवाले थे, परंतु संभ्रांत परिवारों से आते

थे। बासैनियो को जब भी धन की आवश्यकता होती थी, एंटोनियो उसे उपलब्ध करा दिया करता था।

एक दिन बासैनियो एंटोनियो के पास गया और उसे बताया कि वह एक अमीर युवती से बहुत प्यार करता है और उससे विवाह करना चाहता है।

"उसके पिता की अभी हाल ही में मृत्यु हुई थी और वह उसके लिए विशाल संपत्ति छोड़ गया है।" बासैनियो ने घोषणा की, "एंटोनियो, मैं उससे तभी से मिलता आ रहा था, जब उसका पिता जीवित था और मैं उसकी आँखों में अपने प्रति मूक प्रेम के संदेश को पढ़ सकता था। मेरा दुर्भाग्य यह है कि उसकी दृष्टि में उपयुक्त व्यक्ति बनने के लिए उस समय मेरे पास धन का अभाव था। लेकिन अब मैं और अधिक विलंब नहीं कर सकता! क्या तुम मुझ पर मेहरबानी करते हुए मुझे 3,000 पाउंड्स दे सकते हो?"

लेकिन उस समय एंटोनियो के पास बासैनियो को देने के लिए कोई धन नहीं था और उसने उसे इस बारे में बता भी दिया था। "बहरहाल, मैं अपने कुछ जहाजों के माल लादकर जल्दी ही वापस आने की उम्मीद कर रहा हूँ और आनेवाले सामान के जल्द ही बिक जाने की मुझे पूरी उम्मीद है।" एंटोनियो ने कहा, "इस बीच मैं अमीर सूदखोर शाइलॉक से मिलूँगा और उससे तुम्हारे लिए आवश्यक धन उधार ले लूँगा।"

"मैं भी तुम्हारे साथ चलूँगा।" बासैनियो ने उत्तर दिया और दोनों दोस्त शाइलॉक से मिलने जा पहुँचे। एंटोनियो ने उस सूदखोर यहूदी से अनुरोध किया कि वह उसे मन-माफिक ब्याज दर पर 3,000 पाउंड्स की राशि उधार दे दे। "जैसे ही मेरा सामान यहाँ पहुँचेगा, मैं तुम्हारे द्वारा दिए गए धन को वापस कर दूँगा।" उसने स्पष्ट किया।

दुष्ट शाइलॉक ने अपने मन में सोचा कि 'यदि मैं इसे एक बार

अपने चंगुल में फँसा पाऊँ तो मैं इससे अपना बदला ले लूँगा। यह हम यहूदियों से घृणा करता है और लोगों को बिना किसी ब्याज के धन उधार देता है। यह मेरी और मेरे कारोबार की बुराई भी करता रहता है।'

एंटोनियो ने देखा कि शाइलॉक विचारों में खोया हुआ था और चूँकि उसे धन हासिल करने की शीघ्रता थी, इसलिए उसने उससे कठोर स्वर में कहा, "यहूदी, क्या तुम मुझे सुन रहे हो ? तुम मुझे धन दोगे या नहीं ?"

"महोदय एंटोनियो!" शाइलॉक ने उत्तर दिया, "आपने कई बार मेरी शिकायत की है और मैंने धैर्यपूर्वक आपके द्वारा किए गए अपने अपमान को सह लिया है। आपने मुझे 'धोखेबाज' कहकर मुझे लात भी मारी है, जैसे मैं कोई कुत्ता था। कितनी विचित्र बात है कि अब आपको मेरी सहायता की आवश्यकता है! अब आप मेरे पास आकर मुझसे कह रहे हैं कि 'शाइलॉक, मुझे धन दे दो!' मैं आपसे ही पूछता हूँ कि क्या किसी कुत्ते के पास पैसे होते हैं? कोई कुत्ता आपको 3,000 पाउंड्स कैसे उधार दे सकता है ? क्या मुझे आपको बड़े आदर-भाव के साथ पैसे उधार देने चाहिए, क्योंकि आप मेरे ऊपर चीखे और चिल्लाए ? इतना ही नहीं, आपने मुझे 'कुत्ता' कहा और मुझे लात भी मारी थी!"

"अब भी इस बात की पूरी संभावना है कि मैं तुम्हें अभी भी उन्हीं नामों से दोबारा पुकार सकता हूँ और इसके साथ-ही-साथ मैं तुम्हारी पीठ पर लात भी मार सकता हूँ।" एंटोनियो ने उत्तर दिया, "तुम मुझे अपना मित्र मानकर यह धन मुझे मत दो, शाइलॉक। इसकी बजाय तुम मुझे शत्रु मानकर उधार दो, ताकि यदि मैं तुम्हारे पैसे न लौटा सकूँ तो तुम मुझे दंडित कर सको।"

"चिल्लाने की कोई जरूरत नहीं है!" शाइलॉक ने उसे संबोधित करते हुए कहा, "मैं तुम्हारा मित्र बनने में अधिक खुशी महसूस करूँगा और तुम्हारे द्वारा किए गए अपने सारे अपमान को भुला दूँगा। मैं न

केवल तुम्हें धन उधार दूँगा, बल्कि तुमसे उस पर कोई ब्याज भी नहीं लूँगा!"

एंटोनियो और बासैनियो शाइलॉक के इस उदारतापूर्ण प्रस्ताव को सुनकर अत्यंत चकित थे, जिसने अपनी बात को आगे बढ़ाते हुए कहा, "मेरी केवल एक ही शर्त है! एंटोनियो को मेरे साथ वकील के पास जाकर उस दस्तावेज पर हस्ताक्षर करने होंगे, जिसमें वह लिखेगा कि यदि वह उधार लिये गए धन को एक निर्धारित तिथि तक वापस करने में विफल रहता है तो उसे अपने शरीर के किसी भी भाग से मेरी इच्छानुसार एक पौंड मांस काटकर देना होगा।"

बासैनियो ने उससे कहा कि एंटोनियो मेरे लिए ऐसे किसी भी कागज पर हस्ताक्षर नहीं करेगा। परंतु एंटोनियो ने हस्ताक्षर करने पर जोर दिया।

"तुम चिंता मत करो, मेरे दोस्त।" उसने बासैनियो से कहा, "मेरे जहाज सामान लेकर किसी भी क्षण लौटने वाले हैं, जिनकी कीमत यहूदी द्वारा मुझे उधार दिए गए धन से कई गुना अधिक होगी।"

"ओह! ये ईसाई दूसरों में कैसी-कैसी बुराइयाँ ढूँढ़ लेते हैं!" शाइलॉक ने उसे संबोधित करते हुए कहा, "यदि वह अपना वचन तोड़ देता है तो मुझे क्या लाभ होगा, बासैनियो ? कृपया मुझे बताओ तो जरा! किसी आदमी के शरीर से लिया गया मांस तो किसी गाय या मेमने के मांस जितना भी कीमती नहीं है। मैं एंटोनियो को यह धन मित्रता के नाते दे रहा हूँ! अब यह उसके ऊपर निर्भर है कि वह मेरे प्रस्ताव को स्वीकार करे अथवा नहीं। अलविदा!"

इसलिए उसकी बात को एक मजाक मानते हुए बासैनियो की सलाह के विपरीत एंटोनियो ने कागजात पर हस्ताक्षर कर दिए!

जिस युवती से बासैनियो विवाह करना चाहता था, उसका नाम

पोर्टिया था और वह बेलमोंट में रहती थी। सौंदर्य एवं बुद्धिमानी के मामले में पोर्टिया किसी भी स्त्री से बराबरी कर सकती थी। अब चूँकि बासैनियो को उसकी आवश्यकतानुसार धन दे दिया गया था, इसलिए वह सीधे बेलमोंट के लिए रवाना हो गया। उसके साथ नौकरों का एक विशाल परिवार था, जिसकी निगरानी ग्रेटियानो नामक एक सज्जन कर रहे थे। बासैनियो ने जब उसे विवाह का प्रस्ताव दिया तो पोर्टिया राजी हो गई, यद्यपि बासैनियो ने उसके समक्ष यह बात स्पष्ट कर दी थी कि उसके पास बहुत थोड़ा धन था और उसमें एक संभ्रांत एवं उच्च कुल में जन्म लेने के अतिरिक्त अन्य कोई विशेषता नहीं थी।

"तुम जैसे हो, मैं तुमसे उसी रूप में प्रेम करती हूँ।" पोर्टिया ने उत्तर दिया।

"मैं पहले से ही काफी अमीर हूँ और वैसे भी, मुझे किसी अमीर पति की आवश्यकता नहीं है। लेकिन मेरी यह इच्छा अवश्य है कि यदि मैं हजार गुना सुंदर हूँ और दस हजार गुना अमीर हूँ तो मुझे तुम्हारे जैसा योग्य व्यक्ति पति के रूप में अवश्य चाहिए!"

"मैं खुद को और अपनी प्रत्येक चीज को तुम्हारे हवाले करती हूँ।" पोर्टिया ने घोषणा की। मैं अभी तक इस घर और इन नौकरों की मालकिन थी। अब मेरे सहित यहाँ की प्रत्येक चीज आपके नियंत्रण में है। इस अँगूठी के साथ मैं इन सबको आपको सौंपती हूँ।"

पोर्टिया ने बासैनियो को उपहार के रूप में एक अँगूठी दी, जिस पर उसे वचन दिया कि वह इसे कभी खुद से अलग नहीं करेगा। ग्रेटियानो ने अपने स्वामी एवं उसकी पत्नी को सदैव प्रसन्न रहने की शुभकामना दी और उनसे पोर्टिया की सेविका नेरिसा के साथ विवाह करने की अनुमति माँगी। ग्रेटियानो ने कहा कि वह नेरिसा से प्रेम करता था, जिसने उसे वचन दिया था कि यदि उसकी मालकिन बासैनियो से विवाह करेगी तो

वह भी उसके साथ विवाह कर लेगी। पोर्टिया और बासैनियो दोनों ने इस गठबंधन के लिए प्रसन्नतापूर्वक अनुमति दे दी और निर्णय लिया गया कि दोनों विवाह एक ही दिन संपन्न होंगे।

इन प्रेमियों की सारी खुशियाँ एक पत्र के आने से चकनाचूर हो गईं। एंटोनियो का एक संदेशवाहक अत्यंत भयानक समाचार लेकर आया। एंटोनियो का पत्र पढ़ते ही बासैनियो का चेहरा इतना अधिक पीला पड़ गया कि पोर्टिया को भय हुआ कि अवश्य ही किसी की मृत्यु हो गई थी।

"प्यारी पोर्टिया, जब मैंने तुम्हें बताया था कि मेरे पास बहुत थोड़ा धन था तो मुझे तुम्हें उसी समय बता देना चाहिए था कि मेरे पास कुछ भी नहीं था, क्योंकि मैंने सारा धन उधार लिया था। अब सबकुछ समाप्त हो चुका है!" बासैनियो ने यह दुःखद घोषणा करते हुए बताया कि कैसे उसके मित्र एंटोनियो ने उसके लिए सूदखोर शाइलॉक से पैसे उधार लिये थे। उसने पोर्टिया को उस कानूनी समझौते के बारे में भी बताया, जिसमें यह शर्त लिखी गई थी कि यदि किसी निर्धारित तिथि तक ऋण लिये गए धन का भुगतान नहीं किया गया तो उसे अपने शरीर का एक पौंड मांस काटकर देना होगा। इसके बाद उसने एंटोनियो के पत्र को ऊँची आवाज में पढ़ा—

प्रिय बासैनियो,

मेरे सारे जहाज समुद्र में खो गए हैं। मुझे शाइलॉक को उससे लिये गए धन का भुगतान करना है और चूँकि मैं उसका भुगतान जीवित रहते हुए नहीं कर सकता हूँ, इसलिए मैं चाहता हूँ कि जिस समय मैं मरूँ, उस समय तुम मेरे सामने रहो। लेकिन यदि मेरा प्यार तुम्हें मेरे पास आने से रोके तो तुम मेरे इस पत्र का अपने ऊपर कोई प्रभाव मत पड़ने देना।

पोर्टिया ने बासैनियो से अनुरोध किया कि वह हमारा विवाह होने के तत्काल बाद यहाँ से चला जाए, ताकि उसे मेरे धन का एवं संपत्ति का

कानूनी अधिकार प्राप्त हो जाए। "तुम्हें मेरे साथ विवाह करने के बाद कानूनी रूप से इतना सोना मिल जाएगा, जिसकी कीमत इस ऋण की राशि से बीस गुना अधिक होगी, ताकि तुम्हारे उस दयालु मित्र का एक बाल भी बाँका न हो, जिसने जरूरत के समय में तुम्हारा साथ दिया है।" उसने कहा। उन्होंने उसी दिन विवाह कर लिया और उनके साथ-साथ ग्रेटियानो एवं नेरिसा का विवाह भी संपन्न हो गया।

विवाह की औपचारिकताएँ यथाशीघ्र पूर्ण करने के तत्काल बाद बासैनियो और ग्रेटियानो वेनिस के लिए प्रस्थान कर गए, जहाँ पहुँचकर उन्होंने एंटोनियो को जेल में बंद पाया।

भुगतान की देय तिथि बीत चुकी थी। जब बासैनियो ने उसे सोना देने का प्रस्ताव दिया तो शाइलॉक ने अत्यंत क्रूरतापूर्ण घोषणा की, "मुझे अब हर हाल में एंटोनियो के शरीर का एक पौंड मांस चाहिए।"

बासैनियो ने व्यथित हृदय के साथ प्रतीक्षा की, क्योंकि वेनिस के ड्यूक की अदालत में सुनवाई के लिए एक दिन निर्धारित किया जा चुका था।

बासैनियो के जाने के बाद पोर्टिया गंभीर विचार मुद्रा में थी। वह जानती थी कि एंटोनियो को बचाना आसान नहीं होगा। इसलिए उसने सारे मामले को अपने हाथ में लेने का निर्णय लिया। पोर्टिया का बेलारियो नामक एक रिश्तेदार था, जो पेशे से वकील था। उसने अपने रिश्तेदार वकील से अपनी सलाह देने का आग्रह किया और उससे वकीलों वाली पोशाक भी माँग ली, क्योंकि उसका इरादा न्यायालय में एंटोनियो के बचाव के लिए स्वयं वकील के रूप में पेश होने का था। यह प्रबंध हो जाने के बाद पोर्टिया और नेरिसा ने खुद को पुरुषों के रूप में तैयार किया, जिसमें पोर्टिया वकील की पोशाक और नेरिसा क्लर्क की पोशाक में तैयार हो गई। वे दोनों उसी दिन वेनिस पहुँच गए, जिस दिन न्यायालय

में सुनवाई होने वाली थी। पोर्टिया ने न्यायालय में प्रवेश करने के बाद ड्यूक को बेलारियो से प्राप्त अपना परिचय-पत्र प्रस्तुत किया। पत्र में लिखा था कि बेलारियो अस्वस्थ हैं, इसलिए वह अपने स्थान पर न्यायालय में बोलने के लिए विद्वान् युवा डॉक्टर बल्थासर (पोर्टिया) को भेज रहा है। ड्यूक ने उस अनुरोध को स्वीकार कर लिया, यद्यपि उसे उस युवा वकील के चेहरे को देखकर हैरानी हुई, जिसके असली चेहरे को एक वकील की पोशाक के पीछे छिपाया गया था।

अंतत: केस की सुनवाई शुरू हुई और पोर्टिया ने दुष्ट शाइलॉक को वहाँ पहचान लिया। बासैनियो एंटोनियो की बगल में खड़ा था, जो अपने मित्र के लिए चिंतित होकर लगभग विक्षिप्त-सा हो गया था।

"वेनिस के कानून के अनुसार, समझौते में जो कुछ लिखा गया है, उसे प्राप्त करने का आपको पूरा अधिकार है।" पोर्टिया ने शाइलॉक को संबोधित करते हुए कहा। इसके बाद उसने दया की कोमल गुणवत्ता के बारे में बात की, जो शाइलॉक को छोड़कर किसी के भी हृदय को द्रवित कर सकती थी—"दया मनुष्य का सबसे महान् गुण है। वह स्वर्ग से कोमल वर्षा की भाँति पृथ्वी पर गिरता है।" उसने कहा, "क्या हम सभी दया के लिए प्रार्थना नहीं करते हैं? वही प्रार्थना हमें भी दया का प्रदर्शन करना सिखाती है।"

शाइलॉक का केवल एक ही उत्तर था कि अनुबंध में जिस बात का वचन दिया गया था, वह उसे मिलना चाहिए। इसके अतिरिक्त, वह अन्य कोई भी बात सुनने को तैयार नहीं था।

"क्या एंटोनियो धन का भुगतान करने में असमर्थ है?" पोर्टिया ने प्रश्न किया और उसे बासैनियो द्वारा सूचित किया गया कि वह 3,000 पाउंड्स का भुगतान करने के लिए तैयार है, जो शाइलॉक की वांछित माँग से कई गुना अधिक है। लेकिन शाइलॉक ने यह कहते हुए धन लेने

से इनकार कर दिया कि मुझे तो हर हालत में एंटोनिया का एक पौंड मांस चाहिए!

बासैनियो ने युवा वकील से कानून को थोड़ा लचीला बनाने का अनुरोध किया, ताकि एंटोनियो के जीवन को बचाया जा सके।

"एक बार जब कोई कानून पास हो जाता है तो उसे बदला नहीं जा सकता है।" पोर्टिया ने न्यायालय में घोषणा की और शाइलॉक यह सोचकर खुशी से झूम उठा कि वकील उसका समर्थन कर रहा था।

"जज साहब," उसने कहा, "मैं किस प्रकार आपका सम्मान करूँ! आप जैसे दिखाई देते हैं, उससे कहीं अधिक बड़े और सयाने हैं।"

"मुझे आपके अनुबंध को एक बार देखने दीजिए।" पोर्टिया ने माँग की और अनुबंध को अच्छी तरह पढ़ लेने के बाद उसने कहा, "यहाँ मौजूद इस लिखित एवं हस्ताक्षरित अनुबंध के अनुसार, यह आदमी कानूनी तौर पर एक पौंड मांस का दावा कर सकता है और वह उसे एंटोनियो के दिल के पास से काटकर निकाल सकता है।" इसके बाद उसने शाइलॉक को संबोधित करते हुए कहा, "दयालु बनो, मिस्टर शाइलॉक! मांस के बदले धन लेकर अनुबंध को फाड़कर फेंक दो!" लेकिन दुष्ट शाइलॉक ने एंटोनियो के प्रति कोई भी दया दिखाने से इनकार कर दिया।

"फिर अपनी छाती को चाकू के प्रहार के लिए तैयार करो, एंटोनियो।" पोर्टिया ने घोषणा की।

शाइलॉक ने एक पौंड मांस काटकर निकालने के लिए तत्काल इच्छुक होकर अपने चाकू की धार को तेज करना प्रारंभ कर दिया।

"क्या तुम्हें और कुछ कहना है ?" पोर्टिया ने एंटोनियो से पूछा।

"मेरे पास अब कहने के लिए कुछ खास नहीं है, क्योंकि मैंने मरने

के लिए अपने मन को तैयार कर लिया है।" एंटोनियो ने शांत स्वर में उत्तर दिया, "मुझे अपना हाथ दो, बासैनियो! अलविदा मेरे दोस्त! यह सोचकर कभी दुःखी मत होना कि मेरे इस दुर्भाग्य का कारण तुम हो। अपनी सम्मानित पत्नी को मेरी याद दिलाना और उससे कहना कि मैं तुमसे कितना अधिक प्यार करता था!"

"एंटोनियो, मेरी पत्नी मुझे उतनी ही प्रिय है, जितना कि मेरा खुद का जीवन। मैं तुम्हें इस शैतान से बचाने के लिए अब अपना सर्वस्व न्योछावर करने के लिए तैयार हूँ!"

"यदि तुम्हारी पत्नी यहाँ मौजूद होती तो मुझे पूरा यकीन है कि वह तुम्हारे इस प्रस्ताव के लिए तुम्हें धन्यवाद तो कदापि नहीं देती।" उसके इस कथन पर पोर्टिया कुछ नहीं बोल पाई।

इसके बाद ग्रेटियानो, जिसे अपने मालिक की बातों की नकल करना प्रिय था, ने कहा, "मैं अपनी पत्नी को प्रेम करता हूँ, लेकिन यदि मैं इस निर्दयी व्यक्ति को ऐसा बुरा काम करने से रोक पाता तो उसे खुशी-खुशी स्वर्ग भेज देता।"

"यह तो अच्छा है कि तुम अपनी यह इच्छा अपनी पत्नी की अनुपस्थिति में प्रकट कर रहे हो।" नौकर का रूप धारण किए हुए नेरिसा ने उत्तर दिया, "अन्यथा निश्चय ही तुम्हारे इन शब्दों से तुम्हारे घर में बड़ी भारी मुसीबत खड़ी हो सकती थी।"

"न्यायालय का समय नष्ट किया जा रहा है।" शाइलॉक ने चिल्लाते हुए कहा।

"अब निर्णय सुनाने का समय आ गया है।"

इतना सुनते ही वहाँ मौजूद प्रत्येक आदमी का दिल एंटोनियो के दुःख में डूब गया।

"शाइलॉक, जिस समय एंटोनियो अपना रक्त बहाते हुए मौत के

मुँह में जाए, उस समय यहाँ किसी डॉक्टर का मौजूद होना आवश्यक है।" पोर्टिया ने कहा।

"अनुबंध में तो इसका उल्लेख कहीं नहीं किया गया है।" शाइलॉक ने उत्तर दिया, "क्योंकि इसमें वही लिखा गया है, जो मेरा उद्‌देश्य था।"

"जब इस अनुबंध में ऐसा नहीं लिखा गया है तो इसका अर्थ ही क्या रह जाता है ?" पोर्टिया ने कहा, "लेकिन मुझे पूरी आशा है कि तुम यह कार्य दयालुतापूर्वक कर सकते हो!"

"मैं तो अनुबंध में इसे कहीं भी नहीं देख पा रहा हूँ।" शाइलॉक ने उत्तर दिया।

"तुम एंटोनियो के शरीर से एक पौंड मांस ले सकते हो।" पोर्टिया ने घोषणा की, "कानून तुम्हें इसकी अनुमति देता है, इसलिए यह न्यायालय तुम्हें वह दे रहा है। अनुबंध के अनुसार तुम उसकी छाती से यह मांस काट सकते हो।"

"ठीक है, चतुर एवं ईमानदार वकील!" शाइलॉक ने चिल्लाकर कहा।

"अपने आप को तैयार कर लो!" उसने अपना चाकू तेज करने के बाद एंटोनियो से कहा।

"ठहरो!" पोर्टिया ने चीखते हुए कहा, "इस अनुबंध में कुछ और भी लिखा गया है! इसमें लिखा गया वास्तविक शब्द 'एक पौंड मांस' है और अनुबंध आपको खून की एक भी बूँद नहीं देता है, शाइलॉक! और यदि एक पौंड मांस काटते समय खून की एक भी बूँद गिरेगी तो तुम्हारी भूमि और सारी संपत्ति कानून द्वारा जब्त कर ली जाएगी और उसे वेनिस राज्य को सौंप दिया जाएगा।"

अब खून की एक भी बूँद गिराए बिना एंटोनियो के शरीर से एक

पौंड मांस निकाल पाना शाइलॉक के लिए असंभव था। पोर्टिया द्वारा की गई इस चतुर घोषणा ने एंटोनियो का जीवन बचा लिया। न्यायालय में उपस्थित सभी लोगों ने युवा वकील की बुद्धिमानी एवं कौशल की प्रशंसा की और उसे धन्यवाद दिया।

"हे बुद्धिमान एवं ईमानदार न्यायाधीश!" ग्रेटियानो ने शाइलॉक के पुराने वक्तव्य की नकल उतारते हुए कहा।

शाइलॉक जान गया था कि वह पराजित हो गया था। उसने निराश होकर कहा कि वह धन लेने के लिए तैयार है।

"यह रहा धन!" कहते हुए बासैनियो खुशी से चीख पड़ा।

"थोड़ी प्रतीक्षा करो!" पोर्टिया ने आदेश दिया, "कोई जल्दबाजी नहीं है! इस आदमी को वही मिलेगा, जो कुछ इस अनुबंध में लिखा हुआ है। इसके अतिरिक्त और कुछ भी नहीं। मांस काटने के लिए तैयार हो जाओ, शाइलॉक; लेकिन इस बात को अच्छी तरह समझ लेना कि खून की एक बूँद भी उसके शरीर से बाहर नहीं गिरे और यह भी कि न तो तुम एक पौंड से अधिक मांस काटोगे और न ही उससे कम। यदि तुमने एक पौंड मांस से एक बाल के वजन के बराबर भी अधिक मांस काटा तो तुम्हें वेनिस के कानून के अनुसार मृत्युदंड दिया जाएगा और सरकार तुम्हारी सारी संपत्ति जब्त कर लेगी।"

"मेहरबानी करके मुझे मेरा धन वापस लौटा दीजिए और मुझे जाने दीजिए।" शाइलॉक ने अब मिमियाते हुए दलील दी।

"वह तो तैयार है।" बासैनियो ने फुरती से कहा, "यह रहा धन।"

"नहीं!" जैसे ही शाइलॉक धन लेने के लिए आगे बढ़ा, पोर्टिया ने उसे रोक दिया, "प्रतीक्षा करो! अभी एक और समस्या हल करनी है। तुमने वेनिस के एक प्रतिष्ठित नागरिक की हत्या करने का षड्यंत्र

किया था और कानून के मुताबिक तुम्हारा धन अब वेनिस राज्य के खजाने में जमा किया जाएगा। तुम्हारी जिंदगी अब केवल ड्यूक की कृपा पर निर्भर है। इसलिए तुम घुटनों के बल बैठकर उनसे क्षमा करने की प्रार्थना करो।"

"अब तुम अपने काम करने के तरीके और हमारे काम करने के तरीके में अंतर देख सकते हो।" ड्यूक ने शाइलॉक से कहा, "इसलिए मैं तुम्हारा जीवन तो तुम्हारे माँगे बिना भी तुम्हें दे दूँगा, लेकिन अब तुम्हारा आधा धन सरकारी खजाने में जाएगा और आधा धन एंटोनियो को जाएगा।" उसने आदेश दिया। एंटोनियो ने उदारतापूर्वक कहा कि वह शाइलॉक के धन से उसे मिलनेवाला अपना आधा भाग छोड़ देगा, बशर्ते कि वह एक अनुबंध पत्र पर हस्ताक्षर करे कि उसकी मृत्यु के बाद उसका शेष धन उसकी पुत्री और उसके पति को दे दिया जाएगा। इसका कारण यह था कि एंटोनियो को इस बात की जानकारी थी कि शाइलॉक ने रुष्ट होकर अपनी एकमात्र बेटी को त्याग दिया था, क्योंकि उसने एंटोनियो के सबसे अच्छे दोस्त लोरेंजो के साथ विवाह कर लिया था। शाइलॉक अनिच्छापूर्वक यह शर्त मानने को राजी हो गया और उसने घर जाने की अनुमति माँगी।

"मैं बीमार हूँ। मेरे जाने के बाद अनुबंध-पत्र मेरे पास भेज दीजिएगा। मैं अपनी आधी संपत्ति अपनी बेटी के नाम कर दूँगा।" उसने प्रार्थना की।

"जाओ और ऐसा ही करो।" ड्यूक ने उसे आदेश दिया, "यदि तुम्हें अपने कृत्य के प्रति सचमुच पछतावा है तो सरकार तुम्हारी आधी संपत्ति तुम्हें वापस लौटा देगी।"

ड्यूक ने एंटोनियो को रिहा करने का आदेश दिया और अपने सलाहकारों के साथ न्यायालय से बाहर चला गया।

"हे विद्वान् एवं अति सम्मानित भद्र पुरुष!" बासैनियो ने वकील बनी पोर्टिया से कहा, "हम लोग आज आपकी बुद्धिमानी के कारण बचा लिये गए हैं। कृपया इस 3,000 पाउंड्स की राशि को आप स्वीकार कीजिए, जिसे हम शाइलॉक को देने वाले थे।"

पोर्टिया ने अपनी सेवाओं के लिए कोई पुरस्कार स्वीकार करने से इनकार कर दिया और जब बासैनियो ने फिर भी उससे अनुरोध करना जारी रखा तो उसने कहा, "ठीक है, फिर तुम अपने दस्ताने मुझे दे दो, मैं उन्हें पहन लूँगी।"

बासैनियो ने तत्काल अपने दस्ताने उतार दिए। तभी पोर्टिया की दृष्टि उसकी उँगली में पहनी हुई उस अँगूठी पर पड़ी, जो उसने उसे विवाह के उपहार के रूप में दी थी। "चूँकि तुम मुझे इनाम देना चाहते हो, इसलिए मैं यह अँगूठी तुमसे ले लेती हूँ।" पोर्टिया ने तत्काल कहा।

"यह अँगूठी मुझे मेरी पत्नी ने उपहार के रूप में दी थी और मैंने उसे वचन दिया है कि इसे कभी अपने से अलग नहीं करूँगा।" निराश बासैनियो ने कहा, "आप मुझसे कोई और चीज माँग लीजिए, मैं उसे आपको खुशी-खुशी दे दूँगा। मैं आपको वेनिस की सबसे महँगी अँगूठी दूँगा।"

"मैं कोई भिखारी नहीं हूँ।" पोर्टिया ने बनावटी क्रोध दिखाते होते हुए कहा, "तुम तो मेरे साथ इस तरह बातें कर रहे हो, जैसे मैं सचमुच कोई भिखारी थी।"

पोर्टिया इतना कहकर न्यायालय से बाहर निकल गई और नेरिसा भी उसके पीछे-पीछे चली गई।

"बासैनियो, उसे अँगूठी दे दो।" एंटोनियो ने उससे अनुरोध किया। बासैनियो ने व्यथित होकर अपनी अँगूठी उतारी और उसे ग्रेटियानो के साथ युवा वकील को देने के लिए भेज दी। जब ग्रेटियानो ने पोर्टिया को

अँगूठी सौंप दी तो नेरिसा ने उसे अपनी अँगूठी उतारने के लिए कहा। ग्रेटियानो ने अनिच्छापूर्वक अपनी शादी की अँगूठी नेरिसा को दे दी। जाते समय दोनों स्त्रियाँ हँस पड़ीं और बोलीं, "अब देखना, हम अपने-अपने पतियों को अपनी अँगूठियों से अलग होने के लिए कैसे दंडित करती हैं! हम उनके ऊपर इस बहाने से क्रोधित होने का दिखावा करेंगी कि उन्होंने हमारी दी हुई अँगूठियों को किसी 'दूसरी' स्त्री को उपहार में दे दिया है।"

पोर्टिया अपने घर जाते समय अत्यंत प्रसन्न थी, क्योंकि उसे वह खुशी एक अच्छा काम करने से मिली थी। घर पहुँचने के बाद दोनों स्त्रियों ने अपने-अपने कपड़े बदले और घर लौटनेवाले अपने पतियों की प्रतीक्षा करने लगीं। वे भी एंटोनियो के साथ शीघ्र ही घर पहुँच गए और उनका स्वागत किया गया। घर पहुँचने के फौरन बाद नेरिसा और ग्रेटियानो के बीच झगड़ा शुरू हो गया।

"क्या मामला है?" पोर्टिया ने पूछा, "अभी-अभी तो एक विवाद…"

"इन्होंने मेरी दी हुई अँगूठी किसी दूसरी स्त्री को दे दी है।" नेरिसा ने पोर्टिया से शिकायत करते हुए कहा।

"मैं कसम खाकर कहता हूँ कि मैंने उसे एक लड़के को दी है, जो तुम्हारे जितना ही लंबा था।" ग्रेटियानो ने कहा, "वह उस युवा वकील का क्लर्क था, जिसने एंटोनियो की जान बचाई थी। उसने अपने पारिश्रमिक के तौर पर मुझसे अँगूठी माँगी थी। उस स्थिति में मैं इसके सिवाय और क्या कर सकता था?"

"अपनी पत्नी द्वारा दिए गए उसके पहले ही उपहार को अपने से अलग करके किसी अन्य को देने का आरोप तो तुम पर लगेगा, ग्रेटियानो।" पोर्टिया ने घोषणा की। "मैंने भी अपने स्वामी बासैनियो को एक अँगूठी दी थी और मुझे पूरा भरोसा है कि वह जीवन भर उसे अपने से अलग नहीं करेंगे।"

"मेरे स्वामी बासैनियो ने भी तो अपनी अँगूठी उतारकर उस युवा वकील को खुद ही भेंट दे दी थी।" ग्रेटियानो ने अपनी गलती से बचाव के लिए बहाना बनाते हुए कहा, "इसलिए जब क्लर्क ने मुझसे मेरी अँगूठी माँगी तो मैं उसे देने से इनकार नहीं कर सका।"

पोर्टिया ने अत्यंत क्रोधित होने का दिखावा किया और अप्रसन्न बासैनियो ने अपनी पत्नी की भावनाओं को आहत करने के लिए उससे माफी माँगी।

"आह! इन घरेलू झगड़ों का दुःखद कारण मैं ही हूँ।" एंटोनियो ने व्यथित होते हुए कहा। पोर्टिया ने तत्काल उससे कहा कि "आपको व्यथित होने की जरूरत नहीं है। जो अँगूठी आपके पति ने उस आदमी को दी थी, यदि वह उसके लिए नहीं थी तो मैं अभी मर जाऊँगा, प्रिय महोदया।" एंटोनियो ने स्पष्ट किया, "मैं तुम्हें वचन दे सकता हूँ और आश्वस्त कर सकता हूँ कि तुम्हारे दोनों के पति तुम्हारे प्रति अपना विश्वास कभी नहीं तोड़ेंगे।"

"फिर यह अँगूठी उन्हें दे दो।" पोर्टिया ने एंटोनियो को एक अँगूठी देते हुए कहा, "उनसे कह दो कि इस बार वह इसे पहलेवाली अँगूठी से अधिक अच्छी तरह सँभालकर रखें।"

बासैनियो यह देखकर स्तब्ध रह गया कि वह तो वही अँगूठी थी, जो उसने वकील को भेंट की थी! पोर्टिया ने रहस्योद्घाटन करते हुए कहा कि वह युवा वकील कोई और नहीं, बल्कि वह स्वयं थी और क्लर्क के वेश में उसके साथ नेरिसा थी। बासैनियो अत्यंत चकित एवं प्रसन्न दोनों था, क्योंकि जब उसे पता चला कि उसके प्यारे मित्र के जीवन की रक्षा उसकी पत्नी ने की थी तो उसने उसके साहस एवं बुद्धिमानी की सराहना की और उसे धन्यवाद दिया। पोर्टिया ने एंटोनियो को एक और सुखद समाचार दिया। उसने उसे कुछ पत्र सौंपते हुए कहा कि एंटोनियो के

खोए हुए जहाज अब बंदरगाह पर सुरक्षित पहुँच गए हैं। वेनिस का वह अभागा व्यापारी एक बार फिर अमीर हो गया था। इसलिए, अब प्रत्येक व्यक्ति अँगूठियों की विचित्र कहानी पर खुलकर हँस सकता था और सबसे बड़ी बात यह कि दोनों ही पति अपनी पत्नियों को नहीं पहचान सके थे। ग्रेटियानो ने कसम खाई कि वह जब तक जीवित रहेगा, उसे नेरिसा द्वारा दी गई अँगूठी के खोने से अधिक भय किसी अन्य चीज से नहीं होगा।

□

6

मैकबेथ

स्कॉटलैंड के राजा डंकन के जमाने में मैकबेथ नामक एक महान् सामंत हुआ करता था, जो राजा का निकट संबंधी था और युद्ध में अपनी वीरता के लिए अत्यंत सम्मानित व्यक्ति था।

एक दिन मैकबेथ और बैंको एक युद्ध में विजय प्राप्त करके अपने घर वापस लौट रहे थे कि तभी उन्हें रास्ते में तीन अनजान आकृतियों द्वारा रोक लिया गया। वे आकृतियाँ स्त्रियों की तरह दिखाई दे रही थीं, किंतु उनके चेहरों पर दाढ़ियाँ थीं। उनकी धारीदार त्वचा एवं भयानक पोशाक उन्हें अजनबियों के रूप में प्रस्तुत करती थी। पहली आकृति ने मैकबेथ को 'ग्लैमिस का सरदार' कहकर संबोधित किया। मैकबेथ यह देखकर अत्यंत चकित था कि वे विचित्र आकृतियाँ जानती थीं कि वह कौन था और उससे भी अधिक आश्चर्य उसे तब हुआ, जब दूसरी आकृति ने उसे सम्मानित करते हुए 'कॉडोर के राजा मैकबेथ!' कहकर उसका अभिवादन किया। क्योंकि उसके पास ऐसी कोई उपाधि नहीं थी, मैकबेथ के आश्चर्य की कल्पना कीजिए, जब तीसरी आकृति ने उसे 'स्कॉटलैंड का भावी राजा' कहकर उसका अभिवादन किया।

'डंकन और उसके पुत्रों के जीवित रहते हुए मैं राजा कैसे हो सकता हूँ?' मैकबेथ अभी अपने मन में सोच ही रहा था कि आकृतियाँ बैंको की ओर मुड़ीं।

"मैकबेथ से बड़े, किंतु उससे कम महान्।" उन्होंने घोषणा की, "यद्यपि आप अभी अधिक प्रसन्न नहीं हैं, किंतु कालांतर में आप अति प्रसन्न होंगे। आप तो राजा नहीं बनेंगे, परंतु आपके पुत्र एक दिन स्कॉटलैंड के राजा अवश्य होंगे।"

अपनी भविष्यवाणियाँ करने के बाद वे अद्‌भुत आकृतियाँ गायब हो गईं। उसके बाद दोनों नायकों ने महसूस किया कि वे चुड़ैलें थीं। अभी वे इन होनेवाली विचित्र घटनाओं में खोए हुए ही थे कि राजा के दूत आए और उन्होंने मैकबेथ को 'कॉडोर के राजा' का नाम और उपाधि प्रदान की। चुड़ैलों की भविष्यवाणियों को बारी-बारी सच होता देखकर मैकबेथ इतना अधिक चकित था कि वह राजा के दूतों को धन्यवाद भी नहीं दे सका।

'क्या तीसरी भविष्यवाणी भी सच हो सकती है?' मैकबेथ ने अपने मन में सोचा, 'एक दिन मैं स्कॉटलैंड का राजा हो सकता हूँ!'

"अब, जबकि मेरे बारे में चुड़ैलों द्वारा की गई भविष्यवाणियाँ आश्चर्यजनक रूप से सच साबित हुई हैं, क्या तुम यह आशा नहीं कर सकते कि एक दिन तुम्हारे पुत्र भी राजा बनेंगे?" उसने बैंको से पूछा।

"तुम्हारी यही आशा संभवतः तुम्हें एक दिन राजा बना सकती है।" बैंको ने चतुराई से जवाब दिया। अकसर ऐसा होता है कि अँधियारे की ये दूतियाँ हमारे सामने छोटी सच्चाइयाँ उजागर करके हमें अँधेरे की ओर ले जाती हैं और हमें बुरे काम करने के लिए विवश करती हैं।"

लेकिन चुड़ैलों की बातें मैकबेथ के मन में बहुत गहराई से प्रवेश कर गई थीं। न तो वह कोई कारण खोज सका और न ही उसने बैंको की चेतावनियों पर कोई ध्यान दिया। उसी क्षण से मैकबेथ ने अपने सभी विचारों को स्कॉटलैंड का राजा बनने की ओर मोड़ दिया।

मैकबेथ ने चुड़ैलों की भविष्यवाणियों का समाचार अपनी पत्नी के

साथ साझा किया। लेडी मैकबेथ एक दुष्ट व महत्त्वाकांक्षी महिला थी। उसकी एकमात्र इच्छा यही थी कि जैसे भी हो, उसका पति श्रेष्ठता प्राप्त करे और उसके लिए उसे चाहे जो भी करना पड़े, वह करे।

लेडी मैकबेथ हमेशा अपने पति को यह बात याद कराती रही कि चुड़ैलों की भविष्यवाणियों को सत्य सिद्ध करने के लिए डंकन की हत्या अवश्य की जानी चाहिए।

डंकन ने इस अवसर का चुनाव मैकबेथ के घर पहुँचने के लिए किया और अपने दोनों पुत्रों मैल्कम एवं डोनलबेन तथा सामंतों व सेवकों की बड़ी संख्या के साथ युद्ध में प्राप्त सफलता का उत्सव मनाने के लिए और मैकबेथ को सम्मानित करने के लिए किया। राजा मैकबेथ के शानदार महल और उसके आसपास के क्षेत्र के सौंदर्य के प्रति अत्यंत मोहित था और उसे लेडी मैकबेथ द्वारा किया जानेवाला स्वागत-सत्कार भी अत्यंत प्रिय था। राजा को इस बात की भनक तक नहीं थी कि उसकी मोहक मुसकानों के पीछे उसके बुरे इरादे छिपे हुए थे और दरअसल, एक सुंदर फूल के वेश में वह जहरीली नागिन थी।

डंकन ने लेडी मैकबेथ को उपहार में एक हीरा दिया और सोने के लिए चला गया, क्योंकि लंबी यात्रा करने के बाद वह अत्यधिक थक गया था। शाही रिवाज के मुताबिक, राजा के कमरे में उसके बगल में दो अंगरक्षक नौकर भी सोए थे।

आधी रात को जिस समय केवल जंगली जानवर और चोर-उचक्के तथा हत्यारे सड़कों पर घूमते थे और लोगों को बुरे सपने आते थे, लेडी मैकबेथ जाग गई। वह जानती थी कि उसके पति का स्वभाव हत्या की योजना बनाने में अत्यंत कोमल था, इसलिए उसने वह जिम्मेदारी स्वयं अपने ऊपर ले ली। लेडी मैकबेथ ने सुनिश्चित किया कि राजा के दोनों नौकर शराब के नशे में गहरी नींद में सोए हुए थे। वह एक चाकू लेकर

डंकन के कमरे में दाखिल हो गई। किंतु वह राजा की हत्या नहीं कर पाई, क्योंकि उसे राजा के चेहरे पर अपने पिता जैसी छवि दिखाई दी।

वापस आकर उसने राजा की हत्या करने के लिए मैकबेथ को राजी करने की कोशिश की; लेकिन उसके पति ने इनकार कर दिया।

मैकबेथ ने उसे समझाया कि वह राजा का केवल सेवक मात्र नहीं है, बल्कि उसका रिश्तेदार भी है।

"इससे भी बड़ी बात यह है कि मैं उसका मेजबान हूँ और मेजबान का यह कर्तव्य है कि वह अपने मेहमान की हत्यारों से रक्षा करे, उसकी हत्या करने की बात तो तुम भूल ही जाओ। वैसे भी, डंकन मेरे प्रति हमेशा उदार एवं दयावान् रहे हैं। मैं उनकी हत्या कैसे कर सकता हूँ? मैं अपने ही राजा की हत्या कैसे कर सकता हूँ? यदि मैं ऐसा करूँगा तो मेरी प्रतिष्ठा समाप्त हो जाएगी।"

लेकिन लेडी मैकबेथ ऐसी महिला नहीं थी, जिसे कोई उसके बुरे मकसद से पीछे हटा सकता था। जिस समय वह अपने पति से बात कर रही थी, उसके मन में शैतान साँसें ले रहा था। "तुम उस वचन से कैसे दूर भाग सकते हो, जो तुमने दिया था?" उसने तर्क दिया, "तुम्हारे अंदर राजा होने की योग्यता है और यहीं सबकुछ खत्म हो जाएगा। एक छोटी सी रात में की गई तुम्हारी काररवाई तुम्हें कई वर्षों तक स्कॉटलैंड पर शासन करने की शक्ति देगी। जरा सोचो तो सही कि राजा की हत्या का दोष शराबी सेवकों के मत्थे मढ़ना कितना आसान होगा!"

आखिरकार, वह दुष्कृत्य करने के लिए उसने मैकबेथ को राजी कर ही लिया। एक चाकू से लैस होकर मैकबेथ दबे पाँव राजा के कक्ष की ओर बढ़ा। रास्ते में उसे हवा में एक चाकू तैरता हुआ दिखाई पड़ा, जिसका हत्था उसी की ओर था और उसकी धार व नोक पर खून की बूँदें दिखाई दे रही थीं। लेकिन जैसे ही उसने उस चाकू को पकड़ने की

कोशिश की, वह हवा में गायब हो गया। वह केवल एक सपना था, जो उसके परेशान मन से उपजा था। अपने भय को एक तरफ झटकते हुए मैकबेथ ने राजा के कक्ष में प्रवेश किया और अपने चाकू के केवल एक प्रहार से उसे मार डाला। दोनों नौकरों में से एक नींद में ही हँस पड़ा और दूसरा नौकर 'हत्या!' कहकर चीख पड़ा। इससे उनकी आँखें खुल गईं और दोनों उठकर बैठ गए। लेकिन छोटी सी प्रार्थना करने के बाद दोनों फिर सोने चले गए। मैकबेथ ने कल्पना की, मानो उसने कोई अन्य आवाज सुनी, जो कह रही थी, 'अधिक मत सोओ! ग्लैमिस की सोते समय हत्या कर दी गई है, इसलिए कॉडोर अब और अधिक नहीं सोएगा, मैकबेथ और अधिक नहीं सोएगा!' भयभीत मैकबेथ अपनी पत्नी के पास वापस चला गया। वह इतना बेचैन था कि उसे उसकी पत्नी ने कमजोरी दिखाने के लिए धमकाया और उससे कहा कि वह जाकर अपने हाथों में लगा खून धो डाले। उसने चाकू स्वयं ले लिया और सोते हुए सेवकों के गालों पर खून के दाग लगा दिए, जिससे ऐसा लगे कि हत्या के दोषी वही दोनों थे।

अगली सुबह हत्या की खबर लेकर आई और मैकबेथ एवं उसकी पत्नी ने गहरा शोक प्रदर्शन किया। दोनों नौकरों को हत्या का दोषी सिद्ध कर दिया गया, क्योंकि उनके खिलाफ बहुत पुख्ता सबूत थे। लेकिन वहाँ मौजूद हरेक व्यक्ति ने इस हत्या में मैकबेथ का हाथ होने का संदेह व्यक्त किया, क्योंकि राजा की हत्या करने का उसका कारण अधिक मजबूत था। डंकन के दोनों पुत्र मैल्कम एवं डोनलबेन भागकर क्रमशः इंग्लैंड व आयरलैंड चले गए और उनकी अनुपस्थिति में मैकबेथ को राजा बना दिया गया। इस प्रकार, चुड़ैलों की भविष्यवाणी सही सिद्ध हो गई!

सफलता के बावजूद मैकबेथ एवं लेडी मैकबेथ चुड़ैलों द्वारा की गई दूसरी भविष्यवाणी को नहीं भुला सके, जिसमें कहा गया था कि

बैंको के पुत्र राजा बनेंगे। उनकी परेशानी का कोई अंत नहीं था, इसलिए उन्होंने बैंको एवं उसके पुत्र फ्लींस की हत्या करने का निर्णय लिया। उन्होंने एक बड़े भोज का आयोजन किया, जिसमें बैंको एवं फ्लींस सहित राज्य के सभी बड़े सामंतों को आमंत्रित किया गया। लेकिन रात के समय बैंको जैसे ही मैकबेथ के महल में पहुँचा, मैकबेथ के भाड़े के हत्यारों ने उसकी हत्या कर दी। लेकिन उसका पुत्र फ्लींस जीवित निकल भागने में सफल हो गया।

उस रात लेडी मैकबेथ ने एक उत्तम शाही परिचारिका की भूमिका निभाई, जबकि मैकबेथ ने अपने वक्तव्य में घोषणा की कि उसकी छत के नीचे बैंको को छोड़कर प्रत्येक प्रतिष्ठित व्यक्ति मौजूद था। उसी समय कमरे में बैंको के भूत ने प्रवेश किया, जिसे मैकबेथ के अतिरिक्त किसी अन्य व्यक्ति ने नहीं देखा। जैसे ही मैकबेथ अपनी कुरसी पर बैठने को हुआ, भूत जाकर उसकी कुरसी पर स्वयं बैठ गया। मैकबेथ घबराहट और भय के मारे वहीं जड़ बनकर खड़ा रहा और वहाँ मौजूद हरेक व्यक्ति ने यही सोचा कि वह उसकी मूर्खता का पल था। प्रत्येक व्यक्ति ने यही सोचा कि मैकबेथ एक खाली कुरसी को घूर रहा था। मैकबेथ भूत की ओर मुखातिब हुआ और लेडी मैकबेथ ने अपनी पोल खुल जाने के डर से सभी अतिथियों को फुरती से वहाँ से बाहर भेज दिया। उसने स्पष्ट किया कि अकसर उसका पति इस बीमारी से संतप्त हो जाता था। लेकिन मैकबेथ अब एक टूटा हुआ आदमी था और रात के बीच में उसे भयानक सपने आकर जगा देते थे। मैकबेथ ने उन तीनों चुड़ैलों से पुनः मिलने का निर्णय किया।

मैकबेथ ने एक निर्जन स्थान पर स्थित एक गुफा में उन चुड़ैलों को खोज लिया। वे पहले से ही उसके आने की आशा कर रही थीं और अपने काले जादू का मंत्रोच्चार कर रही थीं, ताकि वे मृतकों की

आत्माओं का आवाहन करके उनसे भविष्य की जानकारी प्राप्त कर सकें। पशुओं, पक्षियों एवं जहरीले फन वाले साँपों तथा किसी बच्चे की उँगली का मिश्रण बनाकर चुड़ैलों ने उसे एक बड़े बरतन में उबाल लिया। उबालने के बाद उस मिश्रण में बंदर का खून डाला गया। इसके बाद तैयार हुए घोल में उस सुअर के खून को मिलाया गया, जिसने अपने नन्हे बच्चे को कुछ ही समय पूर्व खाया था। मैकबेथ वहाँ बैठा हुआ यह सारी प्रक्रिया देख रहा था।

"क्या तुम सबसे पहले अपने संदेहों का उत्तर पाने के इच्छुक हो?" चुड़ैलों ने मैकबेथ से पूछा, "अथवा तुम चाहते हो कि हमारी स्वामी आत्माएँ तुम्हारे प्रश्नों के उत्तर दें?"

"मुझे उन्हें देखने दीजिए।" मैकबेथ ने शांत स्वर में उत्तर दिया। सबसे पहली आत्मा एक सशस्त्र शीश के रूप में प्रकट हुई और उसने मैकबेथ को उसके नाम से संबोधित किया, "अग्नि देवता के प्रकोप से सावधान रहो!" उसने घोषणा की। मैकबेथ ने उसे धन्यवाद दिया, क्योंकि वह आग के देवता मैकडफ से नफरत करता था। दूसरी आत्मा एक रक्तरंजित बच्चे के रूप में प्रकट हुई—"भयभीत मत हो, मैकबेथ!" उसने घोषणा की कि किसी स्त्री के पेट से जनमे व्यक्ति के पास तुम्हें क्षति पहुँचाने की शक्ति नहीं होगी।

तीसरी आत्मा अपने हाथ में पेड़ लिये एक बालक राजा के रूप में प्रकट हुई—"मैकबेथ, तुम युद्ध में तब तक कभी पराजित नहीं होगे, जब तक कि डनसिनेन पहाड़ी पर बिर्नम वुड नहीं आ जाता!" उसने घोषणा की।

"सचमुच मीठे बोल!" मैकबेथ ने उन्हें संबोधित किया।

"लेकिन मुझे कृपा करके यह बताओ कि क्या बैंको के पुत्र कभी राजा बनेंगे?" जादुई मिश्रण वाला बरतन जमीन पर गिर गया और उसमें

से संगीत की ध्वनि निकलने लगी, क्योंकि राजाओं के समान दिखाई देनेवाली आठ परछाइयाँ मैकबेथ के पास से होकर गुजरीं। अंतिम परछाईं बैंको की थी, जिसने अपने हाथ में एक गिलास थामा हुआ था, जिस पर कई आकृतियाँ बनी हुई थीं। खून में लथपथ बैंको मैकबेथ को देखकर मुसकराया और अन्य आकृतियों की ओर संकेत किया। मैकबेथ ने महसूस किया कि ये बैंको के वंशज थे, जो मैकबेथ के बाद स्कॉटलैंड के भावी राजा होंगे।

चुड़ैलों के अदृश्य हो जाने के बाद मैकबेथ का मन अत्यंत अशांत हो गया। गुफा से जाने के बाद मैकबेथ ने सुना कि मैल्कम की सेना में शामिल होने के लिए मैकडफ बचकर इंग्लैंड भाग गया था। वे दोनों एक साथ मिलकर मैकबेथ पर आक्रमण करने की योजना बना रहे थे। क्रोधित मैकबेथ ने मैकडफ के घर पर हमला कर दिया और उसकी पत्नी व बच्चों को मार डाला। उसके इस शर्मनाक कृत्य और ऐसे ही अनेक कार्यों ने अनेक अन्य सामंतों को मैकबेथ का विरोधी बना दिया। उनमें से अनेक सामंत सरदार मैल्कम द्वारा इंग्लैंड में खड़ी की गई शक्तिशाली सेना में शामिल हो गए। शेष सामंत गुप्त रूप से मैकबेथ का पतन होते देखना चाहते थे। यद्यपि उनके मन में मैकबेथ का इतना अधिक भय था कि वे खुलकर उसके विरुद्ध विद्रोह नहीं कर सकते थे। मैकबेथ को एक अन्य आघात तब लगा, जब उसकी एकमात्र साथी लेडी मैकबेथ ने आत्महत्या कर ली, क्योंकि वह अपनी अपराध-भावना एवं जनाक्रोश से निपटने में खुद को असमर्थ पा रही थी। मैकबेथ अब पूरी तरह अकेला छोड़ दिया गया था। वह अपने जीवन से तंग आ चुका था और मर जाना चाहता था। लेकिन अपनी सेना के साथ मैल्कम के आने की सूचना मिलने के बाद उसका पुराना जोश फिर जाग उठा और उसने युद्ध में लड़ते हुए मरने का निर्णय किया। इसके अतिरिक्त, मैकबेथ

चुड़ैलों की भविष्यवाणियों के कारण आश्वस्त था और उसे पूरा विश्वास था कि न तो उसे कभी पराजित किया जा सकता था और न कभी उसकी हत्या की जा सकती थी। इसलिए, उसने खुद को अपने मजबूत किले में कैद कर लिया और मैल्कम के आने की प्रतीक्षा करने लगा।

एक दिन भय से काँपते हुए एक दूत ने आकर मैकबेथ को सूचना दी कि जब वह डनसिनेन पहाड़ी की चोटी पर निगरानी कर रहा था तो उसने बिर्नम वुड को अपनी ओर आते देखा था।

"झूठे और मक्कार गुलाम!" मैकबेथ ने उसे गरजते हुए कहा, "अगर तू झूठ बोल रहा है तो तुझे सबसे नजदीकी पेड़ पर फाँसी पर लटका दिया जाएगा।"

मैकबेथ को वह विचित्र भविष्यवाणी याद आ गई कि उसे तब तक डरने की कोई जरूरत नहीं है, जब तक कि बिर्नम वुड डनसिनेन पहाड़ी पर नहीं आ जाता है।

"चलो, हम लोग युद्ध के लिए तैयार होकर बाहर की ओर चलें।" मैकबेथ ने अपने सैनिकों को आदेश दिया, "हम न तो यहाँ ठहरेंगे और न यहाँ से भागेंगे। यद्यपि मैं धूप में चलकर अत्यंत थक चुका हूँ और चाहता हूँ कि अब मेरे जीवन का अंत हो जाए।"

मैकबेथ अपने महल से निकलकर सेना के साथ बाहर की ओर चला गया। चलता हुआ जंगल कुछ और नहीं, बल्कि मैल्कम की सेना थी। एक कुशल सेनानायक होने के नाते मैल्कम ने अपने सैनिकों को आदेश दिया कि वे लोग पेड़ की एक-एक डाल काट लें और उसे अपने आगे रखकर आगे बढ़ें। उसने यह कार्य अपनी सेना की वास्तविक संख्या को शत्रु से छिपाने के लिए किया था। इससे उस दूत को आभास हुआ कि मानो जंगल उसकी ओर बढ़ रहा था। अतः एक प्रकार से चुड़ैलों की वह भविष्यवाणी भी सत्य सिद्ध हो गई कि बिर्नम वुड एक

दिन डनसिनेन पहाड़ी पर आएगा। उसके साथ ही मैकबेथ का मिथ्या आत्मविश्वास डगमगाने लगा। इसके बाद मैकबेथ की सेना और मैल्कम की सेना के बीच अत्यंत भीषण युद्ध शुरू हो गया। यद्यपि जिन लोगों को मैकबेथ ने अपना मित्र समझा था, उन्होंने युद्ध में अत्यंत दयनीय प्रदर्शन किया, फिर भी मैकबेथ ने बड़ा साहसिक युद्ध किया और जो भी उसके सामने आया, उसने उसके टुकड़े-टुकड़े कर दिए। इसके बाद मैकबेथ ने खुद को मैकडफ के सामने खड़ा पाया।

चुड़ैलों की चेतावनी को याद करते हुए मैकबेथ ने अपनी निश्चित मृत्यु से भागने का विचार किया। लेकिन मैकडफ, जो काफी समय से अपने राजा और उसके परिवार की हत्या का बदला लेने के लिए मैकबेथ को खोज रहा था, उसने उसे 'दुष्ट हत्यारा' कहकर लड़ने की चुनौती दी।

"अपने आप को बचा सकते हो तो बचा लो, मैकबेथ!" मैकडफ ने अपनी तलवार लहराते हुए कहा।

"तुम अपना समय नष्ट कर रहे हो, मैकडफ।" मैकबेथ ने घोषणा की, "मुझे किसी स्त्री से पैदा हुए व्यक्ति द्वारा नहीं मारा जा सकता है।"

"अपनी पाली हुई उस झूठी चुड़ैल से जाकर कह दो कि मैकडफ किसी स्त्री के पेट से पैदा नहीं हुआ है।" मैकडफ ने उत्तर दिया, "कम-से-कम मैं उस तरह तो नहीं पैदा हुआ था, जिस तरह सामान्य लोग पैदा होते हैं। मैं एक अपरिपक्व शिशु था, जिसे मेरा समय पूरा होने से पहले ही मेरी माँ के गर्भ से बाहर निकाल लिया गया था।"

जब उसकी आखिरी उम्मीद भी भाप बनकर उड़ गई तो मैकबेथ भय से काँपने लगा। "भविष्य में लोगों को चुड़ैलों और आत्माओं द्वारा बोले गए झूठ पर विश्वास नहीं करना चाहिए।" मैकबेथ ने घोषणा की, "वे हमें उन शब्दों से छलती हैं, जो द्विअर्थी होते हैं। मैकडफ, मैं तुम्हारे साथ युद्ध नहीं करूँगा!"

“फिर जीवित रहो, कायर!” मैकडफ ने मैकबेथ का उपहास किया।

“हम तुम्हें इस तरह प्रदर्शित करेंगे, जैसे लोग शैतानों को प्रदर्शित करते हैं। हम तुम्हें तुम्हारे गले में एक तख्ती डालकर सजाएँगे, जिस पर लिखा होगा—आओ लोगो, इस आदमी को देखो। यही है वह निर्मम हत्यारा मैकबेथ!”

“कभी नहीं!” मैकबेथ ने चिल्लाते हुए कहा, क्योंकि उसका साहस लौट आया था। परंतु उसे जीवित रहने की आशा नहीं थी, “मैं एक युवा मैल्कम के चरणों में जमीन पर लेटकर नहीं जिऊँगा, ताकि लोग मुझे ताने मारते हुए लज्जित करें। यद्यपि बिर्नम वुड डनसिनेन पर आ चुका है और तुम भी ऐसे आदमी हो, जिसका जन्म किसी स्त्री के पेट से नहीं हुआ है, मैं एक बार फिर तुमसे लड़ने की कोशिश करूँगा।”

मैकबेथ मैकडफ की ओर दौड़ा और एक हिंसक युद्ध के बाद मैकडफ ने उसे पराजित कर दिया। उसने मैकबेथ का सिर काट लिया और उसे उपहार के रूप में अपने राजा मैल्कम को दे दिया। मैल्कम को स्कॉटलैंड का राजा घोषित कर दिया गया और उसके लोगों एवं सामंतों ने हर्षोल्लास से उसकी जीत का जश्न मनाया।

□

7

बारहवीं रात या जैसी तुम्हारी इच्छा

मेसालिन के एक युवक व युवती सेबेस्टियन एवं वियोला जुड़वाँ भाई-बहन थे, जिनका जन्म एक ही समय में हुआ था। उन दोनों में इतनी समानता दिखाई देती थी कि कोई उन्हें उनके कपड़ों के अलावा किसी अन्य तरह से पहचान नहीं सकता था। वे दोनों इलीरिया के तट पर बिछुड़ गए थे; क्योंकि जिस जहाज में वे दोनों यात्रा कर रहे थे, वह एक भयानक समुद्री तूफान आने के कारण एक चट्टान से टकराकर टूट गया था।

जो लोग एक छोटी सी नाव में बैठकर अपनी जिंदगी बचाने में सफल रहे थे, उनमें जहाज का कप्तान, कुछ नाविक और वियोला शामिल थे। जब नाव समुद्र के किनारे तट पर पहुँची तो वियोला ने अपने भाई सेबेस्टियन की मृत्यु का शोक मनाना शुरू कर दिया।

"जिस समय जहाज डूब रहा था, उस समय मैंने तुम्हारे भाई को एक मजबूत खंभे से खुद को बाँधते हुए देखा था।" कप्तान ने वियोला को सांत्वना देते हुए कहा, "शायद वह अभी जीवित हो सकता है!"

कप्तान की बातों से वियोला को काफी सांत्वना मिली।

"क्या आप इलीरिया को अच्छी तरह जानते हैं, कप्तान?" उसने पूछा।

"जी हाँ, मैडम।" कप्तान ने उत्तर दिया, "मैं इसे बहुत अच्छी तरह जानता हूँ, क्योंकि मेरा जन्म यहाँ से मात्र तीन घंटे की दूरी पर हुआ था।"

"यहाँ किस राजा का शासन है?" वियोला ने उससे पूछा।

"यहाँ का शासक ओर्सिनो है, जो अत्यंत दयालु व बुद्धिमान राजा है।" कप्तान ने बताया।

"मैंने अपने पिता को ओर्सिनो के बारे में कई बार बात करते हुए सुना था।" वियोला ने उससे कहा, "उस समय वह अविवाहित था।"

"वह अभी भी अविवाहित है या कुछ समय पहले तक अविवाहित था।" कप्तान ने उत्तर दिया, "मैं एक महीना पहले यहाँ आया था, उस समय मैंने सुना था कि ओर्सिनो खूबसूरत ओलिविया से प्रेम करता था। ओलिविया का पिता एक सामंत था और वह अपनी मृत्यु से पूर्व ओलिविया को उसके भाई की निगरानी में छोड़ गया था। अपने भाई के प्रेम के कारण ओलिविया ने खुद को सभी पुरुषों की दृष्टि से छिपा लिया था।"

अपने खुद के भाई को खोने के कारण वियोला अत्यंत शोकाकुल थी। उसने ओलिविया से मिलने की इच्छा प्रकट की और उसने यह भी कहा कि उस स्त्री की सेवा करके वह प्रसन्न होगी।

"ऐसा करना अत्यंत कठिन होगा।" कप्तान ने कहा।

"लेडी ओलिविया ने अपने भाई की मृत्यु के बाद एक भी आदमी को अपने घर के अंदर प्रवेश करने की अनुमति नहीं दी थी और स्वयं राजा भी उसके कक्ष में नहीं जा सकते थे।"

इसके बाद वियोला ने एक अन्य योजना बनाई। उसने सोचा, 'मैं एक पुरुष के वेश में सज्जित होकर एक सेवक के रूप में ड्यूक की सेवा करूँगी।' यह एक विचित्र विचार था; लेकिन वियोला के अनुसार,

उन परिस्थितियों में वह सर्वोत्तम विचार था। उसने अपने मित्रवत् कप्तान को अपनी योजना में शामिल कर लिया और वह भी उसकी सहायता करने के लिए राजी हो गया।

वियोला ने कप्तान को कुछ धन दिया और उससे किसी पुरुष के कपड़े खरीदकर लाने का अनुरोध किया। उसने कप्तान से कहा कि वह बिल्कुल वैसे ही कपड़े खरीदकर लाए, जैसेकि मेरा भाई सेबेस्टियन पहना करता था। वियोला ने उन कपड़ों को पहना तो वह अपने भाई सेबेस्टियन जैसी खूबसूरत दिखाई देने लगी। वह अपने भाई के इतनी अधिक समान दिखाई दे रही थी कि बाद में उसे खुद के भी अपने सेबेस्टियन होने का भ्रम होने लगा था।

एक सलोनी युवती से एक सुंदर युवक के रूप में रूपांतरित होने के बाद वियोला को सिजेरियो के रूप में ओर्सिनो के दरबार में पेश किया गया। उस खूबसूरत युवक के खुशनुमा व्यक्तित्व एवं बोल-चाल से ड्यूक इतना अधिक प्रभावित हुआ कि उसे अपने सेवक के रूप में नियुक्त कर लिया।

वियोला अपने नए काम में इतनी अधिक निपुण थी कि शीघ्र ही वह ड्यूक की सर्वाधिक प्रिय सेविका बन गई। ओर्सिनो ने लेडी ओलिविया के प्रति अपने प्रेम का रहस्य सिजेरियो को बता दिया और उसे यह भी बताया कि किस प्रकार ओलिविया उसे देखना तक नहीं चाहती थी। जिस स्त्री को राजा इतना अधिक प्रेम करता था, उसके द्वारा ठुकरा दिए जाने के कारण ओर्सिनो ने खेल सहित अपनी सभी पुरुषवत् गतिविधियों को त्याग दिया था। इसकी बजाय वह सारा दिन सुस्त बैठकर संगीत और प्रेम गीत सुनता रहता था। उसने अपने बुद्धिमान एवं चतुर सामंतों का साथ छोड़ दिया था और उनके साथ उठने-बैठने की बजाय वह सारा दिन सिजेरियो से बातें करता रहता था।

वियोला को शीघ्र ही इस तथ्य की अनुभूति हुई कि युवा स्त्रियों के लिए युवा खूबसूरत राजाओं से मित्रता करने में कोई समझदारी नहीं है, चाहे वे पुरुष के वेश में ही क्यों न हों! वियोला ने महसूस किया कि उसे ओर्सिनो से प्रेम हो गया था और वह इस बात से अत्यंत चकित थी कि ओलिविया इतने अच्छे आदमी की परवाह क्यों नहीं करती थी!

"यह अत्यंत करुणाजनक है कि आप किसी ऐसी स्त्री से प्रेम करते हैं या उसकी इच्छा करते हैं, जो आपके वास्तविक मूल्य एवं महत्त्व की प्रशंसा नहीं करती है।" वियोला ने सौम्यतापूर्वक ओर्सिनो से कहा, "यदि कोई स्त्री आपसे उतना ही अधिक प्रेम करती, जितना कि आप ओलिविया से प्रेम करते हैं तो क्या आप उसे ईमानदारी से यह नहीं बता देते कि आप उसके प्रेम के बदले में प्रेम नहीं लौटा सकते, क्योंकि आप उससे प्रेम नहीं करते थे? क्या वह आपके उत्तर से संतुष्ट न हो जाती?"

लेकिन ओर्सिनो वियोला की तार्किक बातों से संतुष्ट नहीं था।

"किसी स्त्री के लिए मुझसे उतना प्रेम करना असंभव है, जितना कि मैं ओलिविया से करता हूँ।" उसने जोर देकर कहा, "किसी भी स्त्री का हृदय अपने अंदर उसके प्रति प्रेम को नहीं समाहित कर सकता, इसलिए ओलिविया के प्रति मेरे प्रेम की तुलना किसी भी अन्य स्त्री के प्रेम से करना उचित नहीं है।" ओर्सिनो ने कहा।

"लेकिन मैं जानती हूँ, मेरे स्वामी।" वियोला ने कहा।

"तुम क्या जानते हो, सिजेरियो?" ओर्सिनो ने प्रश्न किया।

"मेरे स्वामी, मैं जानती हूँ कि स्त्रियाँ पुरुषों से कितना प्रेम करती हैं।" वियोला ने कहा, "मेरे पिता की एक पुत्री थी, जो एक पुरुष से इतना अधिक प्रेम करती थी कि यदि मैं शायद कोई स्त्री होती तो उतना ही अधिक प्रेम मैं आपसे करती।"

"उसका इतिहास मुझे बताओ।" ओर्सिनो ने कहा।

"उसका इतिहास एक खाली पृष्ठ है।" वियोला ने उत्तर दिया, "उसने किसी अनखिले फूल में बंद कीड़े की तरह अपने प्रेम को एक रहस्य बनाए रखा था। जब वह विचारों में खोकर रुग्ण हो जाती थी तो उसका रहस्य उसके गुलाबी गालों पर उभर आता था। वह किसी चित्र की भाँति चुप होकर बैठ जाती थी और अपने शोक पर मुसकराने लगती थी!"

अचानक एक संदेशवाहक ने प्रवेश किया, जिसे ड्यूक ने ओलिविया से बात करने के लिए भेजा था। उसने कहा कि उसे किसी स्त्री के पास जाने की अनुमति नहीं मिली, किंतु उसने निम्नलिखित संदेश भेजा है—'तब से लेकर आज तक सात वर्ष बीत चुके हैं, अभी तक उसका चेहरा आकाश तक ने नहीं देखा है। तब से लेकर आज तक मैंने अपने चेहरे को ढककर रखा है और अपने भाई की मृत्यु पर आँसू बहाते हुए मैं अपने कक्ष को जलमग्न करती रही हूँ।'

"ओह!" उसकी बात सुनकर ड्यूक रो पड़ा, "यदि उसके अंदर ऐसा दिल है, जो अपने मृत भाई के लिए इतना शोकाकुल हो सकता है तो जरा कल्पना करो कि अपने पति के लिए उसका प्रेम कितना गहरा होगा!"

राजा ने वियोला को संबोधित करते हुए कहा, "सिजेरियो, मैंने अपने दिल के सारे राज तुम्हारे सामने खोल दिए हैं। तुम ओलिविया के घर जाओ और उससे मेरी ओर से बात करो। उसे समझाओ कि वह तुम्हें अंदर जाने की अनुमति दे दे और जरूरत पड़े तो तुम दरवाजे पर ही खड़े हो जाओ। तुम उसे बताओ कि तुम वहाँ से तब तक नहीं हिलोगे, जब तक कि तुम उससे बात नहीं कर लेते।"

वियोला अनमनी होकर ओलिविया के घर जाने के लिए निकल

पड़ी, क्योंकि वह किसी स्त्री से उस व्यक्ति के साथ विवाह करने की बात कहने जा रही थी, जिससे वह स्वयं प्रेम करने लगी थी।

ओलिविया के नौकर ने उसे सूचित किया कि एक खूबसूरत नौजवान दरवाजे पर खड़ा है और आपके बारे में पूछ रहा है। वह कह रहा है कि वह यहाँ से तब तक नहीं जाएगा, जब तक कि तुमसे मिल नहीं लेता है। सेवक की बात सुनकर ओलिविया की रुचि जाग्रत् हुई और अपने चेहरे को ढकते हुए वह उस अपरिचित युवक से मिलने को राजी हो गई। अपनी पुरुष वाली सोच के साथ वियोला ने उसके कमरे में प्रवेश किया। उसने महान् व्यक्तियों के दूत की तरह बड़ी श्रेष्ठ भाषा में ओलिविया से बात की।

"हे अत्यंत प्यारी एवं अप्रतिम सौंदर्य की स्वामिनी!" कहकर वियोला ने अपनी बात प्रारंभ की, "कृपया मुझे बताओ कि क्या आप ही इस घर की स्वामिनी हैं? यदि मैं किसी अन्य से बात करूँगा तो मेरा कहना निरर्थक हो जाएगा, क्योंकि मैंने उसे बड़ी अच्छी तरह तैयार किया है और बड़ी कठिनाई से उसे याद किया है।"

"आप कहाँ से आ रहे हैं, श्रीमान?" ओलिविया ने पूछा।

"यह प्रश्न मेरे विषय से बाहर का है।" वियोला ने उत्तर दिया।

"क्या आप कोई अभिनेता हैं?"

"नहीं।" वियोला ने उत्तर दिया, "लेकिन मैं वह नहीं हूँ, जो भूमिका मैं निभा रहा हूँ।"

वियोला के इस कथन का आशय यह था कि एक पुरुष के वेश में वह वस्तुतः एक स्त्री थी; लेकिन ओलिविया उसके कथन का अर्थ नहीं समझ पाई। वियोला ने ओलिविया से एक बार फिर वही प्रश्न किया कि क्या आप यहाँ की गृह-स्वामिनी हैं और जब ओलिविया ने उसके प्रश्न

का सकारात्मक उत्तर दिया तो वियोला ने उससे अपना चेहरा दिखाने का अनुरोध किया, ताकि वह अपना संदेश उसे दे सके। ओलिविया वैसा करने के लिए अधिकाधिक प्रसन्न थी, क्योंकि उस सुंदर युवक को देखते ही उसे उससे प्रेम हो गया था, बिना यह जाने कि वास्तव में वह एक स्त्री थी।

"क्या मेरा चेहरा देखने के लिए तुम्हारे स्वामी ने तुम्हें आदेश दिया है?" ओलिविया ने उससे पूछा और उसके बाद वह इस तथ्य को पूरी तरह भूल गई कि सात लंबे वर्षों तक उसने अपना चेहरा छिपाए रखा था। और उसने अपने चेहरे से परदा हटा दिया।

"इधर देखिए!" ओलिविया ने घोषणा की, "मैंने परदा गिरा दिया है और तसवीर दिखा दी है। क्या यह अच्छी नहीं है?"

"यह ऐसा सौंदर्य है, जो सचमुच मिश्रित है।" वियोला ने उत्तर दिया। प्रकृति ने आपके गालों को अपने हाथों से गुलाबी रंग दिया है। लेकिन यदि आपने अपने इस सौंदर्य को अपने साथ अपनी कब्र में लेकर जाने का निर्णय लिया है तो आप दुनिया की सर्वाधिक क्रूर जीवित महिला होंगी और दुनिया के देखने लिए इसकी कोई अन्य प्रति भी नहीं छोड़कर जाएँगी।"

"नहीं, श्रीमान।" ओलिविया ने उत्तर दिया, "मैं संसार के लिए इतनी निर्मम नहीं बनूँगी। उसे मेरे सौंदर्य की पूरी सूची मिलेगी—दो सुंदर लाल होंठ, पलकों से ढकी हुई दो धूसर आँखें, एक गरदन और एक ठोड़ी इत्यादि। लेकिन आप मुझे बताइए, क्या मेरे सौंदर्य की प्रशंसा करने के लिए आपको ओर्सिनो ने यहाँ भेजा है?"

"मैं समझता हूँ कि आप अत्यंत अहंकारी हैं।" वियोला ने उत्तर दिया, "लेकिन मेरे स्वामी आपसे बहुत गहराई से प्रेम करते हैं।"

"मैं जानती हूँ कि आपके स्वामी निस्संदेह एक अच्छे आदमी हैं।"

ओलिविया ने कहा, "वह बुद्धिमान, वीर एवं सुंदर भी हैं। लेकिन वह मेरे मन की बात जानते हैं कि मैं उनसे प्रेम नहीं कर सकती हूँ। उन्हें मेरे निर्णय को बहुत पहले ही स्वीकार कर लेना चाहिए था।"

"यदि अपने स्वामी की भाँति मैं आपसे इतना अधिक प्रेम करता तो आपके द्वार पर लकड़ी की एक झोंपड़ी बना लेता और सारा दिन आपका नाम पुकारता रहता।" वियोला ने घोषणा की, "मैं ओलिविया के लिए कविताएँ लिखता और जब रात को सब लोग सो जाते तो उन्हें गाया करता। आपके नाम की गूँज पहाड़ियों तक पहुँचती और मैं आत्मा बनकर हवा में 'ओलिविया, ओलिविया' कहकर चिल्लाता फिरता! उसके बाद आपको मेरे ऊपर दया आ जाती।"

"और भी बहुत कुछ है, जो तुम कर सकते हो। तुम्हारा जन्म किस कुल में हुआ है?" ओलिविया ने पूछा।

"मेरा कुल मेरे भाग्य से भी ऊँचा है।" वियोला ने उत्तर दिया, "मैं एक सभ्य व्यक्ति हूँ और मेरा नाम सिजेरियो है।"

"जाओ और अपने स्वामी से कह दो कि मैं उनसे प्रेम नहीं कर सकती।" ओलिविया ने वियोला को वहाँ से जाने के लिए कह दिया, "उन्हें बता देना कि अब वह मेरे पास कोई अन्य संदेश न भेजें, बशर्ते कि तुम स्वयं यहाँ आकर यह न बताओ कि तुम्हारे स्वामी ने इस संदेश को किस रूप में लिया है?"

ओलिविया को 'सुंदर निर्ममता' के रूप में संबोधित करते हुए और उसका अभिवादन करके वियोला वहाँ से चली गई।

'उसकी वाणी, वेशभूषा एवं उत्साह स्पष्ट इंगित करते हैं कि वह एक सज्जन व्यक्ति है।' ओलिविया ने अपने मन में विचार किया। उसने यह बात कैसे सोची कि सिजेरियो स्वयं ड्यूक था, क्योंकि वह उस युवक से प्रेम कर बैठी थी। इसके बाद उसने इतनी शीघ्रता से उसके प्रेम

में पड़ने के लिए खुद को ही दोषी माना। लेकिन जब लोग ऐसे दोषों के लिए खुद को इतनी सौम्यता से दोष दें तो मान लेना चाहिए कि उसकी जड़ें अधिक गहरी नहीं हैं। ओलिविया ने अपने एक सेवक को उपहार के रूप में एक हीरे की अँगूठी देकर सिजेरियो के पीछे भेज दिया। वह उस युवक के प्रति अपनी भावनाओं का संकेत देना चाहती थी और उस उपहार ने सिजेरियो को सोचने हेतु विवश कर दिया, क्योंकि ड्यूक ने ओलिविया के लिए कोई उपहार नहीं भेजा था। वियोला को शीघ्र ही यह आभास हो गया कि उसके स्वामी की प्रेमिका यह सोचते हुए स्वयं उससे ही प्रेम कर बैठी है कि वह एक पुरुष था।

"ओह प्रिये!" उसने संबोधित किया, "वह दुर्भाग्यशाली स्त्री मुझसे प्रेम कर बैठी है! ओर्सिनो उससे प्रेम करता है और मैं ओर्सिनो से प्रेम करती हूँ। यह तो बड़ी विकट उलझन है।"

वियोला ने ओलिविया का संदेश अपने स्वामी को सुना दिया, जिसने अभी अपने मन में यह आशा पाल रखी थी कि सिजेरियो ओलिविया को उससे प्रेम करने के लिए मना लेगा। ड्यूक ने सिजेरियो को आदेश दिया कि वह अगले दिन ओलिविया से फिर मिले। जब वियोला ओलिविया से मिलने दूसरी बार उसके घर गई तो उसके घर के द्वार पूरी तरह खोल दिए गए और उसका शाही स्वागत-सत्कार किया गया; लेकिन जब वियोला ने ओर्सिनो के पक्ष में कुछ बोलने की कोशिश की तो ओलिविया ने उसे रोक दिया।

"मैं नैसर्गिक संगीत सुनने की बजाय तुमसे बात करना चाहूँगी।" ओलिविया ने कहा और सिजेरियो के प्रति अपने प्रेम को सहर्ष स्वीकार भी किया। वियोला वहाँ से यह कहकर भाग खड़ी हुई कि वह किसी स्त्री से कभी प्रेम नहीं कर सकती है।

वियोला ने पाया कि यदि ओलिविया के एक अन्य ईर्ष्यालु प्रेमी से

उसका सामना होगा तो वह मुसीबत में पड़ जाएगी, जब उसे यह पता चलेगा कि ओलिविया किसी सिजेरियो नामक व्यक्ति से प्रेम करती है। उस व्यक्ति ने वियोला पर तलवार से हमला करने की कोशिश की, लेकिन उसे एक युवक द्वारा बचा लिया गया, जिसने बहाना बनाया कि वियोला उसकी पुरानी दोस्त थी। सौभाग्यवश, इसी बीच न्याय विभाग के कुछ अधिकारी वहाँ पहुँच गए, जिन्होंने वियोला के आक्रमणकारी को उसके द्वारा किए गए किसी पूर्व अपराध के लिए गिरफ्तार कर लिया। जिस युवक ने वियोला की रक्षा की थी, उसने उससे कहा कि वह उसका धन तत्काल वापस कर दे, क्योंकि उसे इस समय उनकी सख्त जरूरत है। वियोला अत्यंत चकित थी, क्योंकि उसने उस अपरिचित व्यक्ति को उससे पूर्व कभी नहीं देखा था। लेकिन फिर भी, उसके पास जितने पैसे थे, वे सब उसने अपरिचित को सौंप दिए, जिससे वह अजनबी और भी अधिक क्रोधित हो गया। उसने उसके साथ बड़ी क्रूरतापूर्ण बात की और उससे यह भी कहा कि वह अत्यंत निर्दयी एवं कृतघ्न था।

"मैंने सेबेस्टियन नामक इस युवक को इसकी निश्चित मृत्यु से बचाया था।" उस अपरिचित व्यक्ति ने अधिकारियों से कहा, "मैं केवल इसी आदमी से मिलने के लिए इलीरिया आया था और अब मैं इस खतरे में पड़ गया हूँ।"

अधिकारियों ने उसकी शिकायतों पर कोई ध्यान नहीं दिया और उसे वहाँ से दूर भेज दिया। वह अजनबी जब तक आँखों से ओझल नहीं हो गया, तब तक वियोला, सेबेस्टियन एवं कृतघ्न कहकर चिल्लाता रहा। वियोला ने महसूस किया कि उस अजनबी ने गलती से उसे उसका भाई सेबेस्टियन समझ लिया था और यह सच्चाई जानकर अत्यंत आनंदित थी कि संभवत: उसका भाई अभी भी जीवित है। उस अपरिचित व्यक्ति का नाम एंटोनियो था और वह एक समुद्री जहाज का कप्तान था। उसने

सेबेस्टियन को समुद्र से एवं उसकी निश्चित मृत्यु से बचाया था और उसे अपने जहाज पर ले गया था। एंटोनियो के वियोला से मिलने के ठीक पहले एंटोनियो व सेबेस्टियन एक साथ टापू पर उतरे थे। उस समय एंटोनियो ने सेबेस्टियन को अपने सारे पैसे दे दिए थे और उससे कहा था कि वह अपनी जरूरत की चीजें खरीद ले। लेकिन जब सेबेस्टियन वापस नहीं लौटा तो एंटोनियो उसे खोजने के लिए निकल पड़ा। जिस समय एंटोनियो ने वियोला को देखा, स्वाभाविक रूप से उसे उसके सेबेस्टियन होने का भ्रम हो गया, क्योंकि दोनों की शक्ल व सूरत एक जैसी थी। उन्हें एक ही मटर की फली के दो दानों के रूप में भी परिभाषित किया जा सकता था।

इस बीच, वियोला अधिकाधिक संभव तीव्रता से अपने घर की ओर भागी, क्योंकि उसे एक अन्य तलवार युद्ध में लिप्त हो जाने का भय था। जिस ईर्ष्यालु प्रेमी ने उसके ऊपर आक्रमण किया था, अब वह सेबेस्टियन पर टूट पड़ा। उसने तत्काल सेबेस्टियन पर आक्रमण किया और सेबेस्टियन ने भी उसके प्रहार को लौटा दिया। एक अप्रिय युद्ध को एक महिला द्वारा टाल दिया गया, जो कोई और नहीं, बल्कि स्वयं ओलिविया थी। यह सोचकर कि सेबेस्टियन ही सिजेरियो था, ओलिविया ने उससे क्षमा माँगी; क्योंकि उसके ऊपर अत्यंत निर्दयतापूर्वक आक्रमण किया गया था। ओलिविया ने सेबेस्टियन को अपने घर आमंत्रित किया और यद्यपि सेबेस्टियन अपने आक्रमणकारी की क्रूरता और इस महिला की दयालुता से चकित था, फिर भी वह ओलिविया के पीछे-पीछे चल पड़ा। दूसरी ओर, ओलिविया यह सोचकर प्रसन्न थी कि सिजेरियो अब उसके प्रति अत्यंत मित्रवत् बन गया था।

सेबेस्टियन ने उस सुंदर महिला के सत्कार पर कोई आपत्ति नहीं की, यद्यपि उसका कारण न जान पाने से वह चकित भी था। उसने

निष्कर्ष निकाला कि ओलिविया की अक्ल ठिकाने पर नहीं थी; लेकिन जब उसने देखा कि ओलिविया एक अच्छी व सुंदर महिला थी और एक बड़े घर की मालकिन भी थी, उसने अपने आप को उसके प्रति उदार होने की अनुमति दे दी। ओलिविया ने अपनी निकटता के प्रति सिजेरियो को अनुकूल पाते हुए प्रस्ताव दिया कि वे अपने घर के पादरी के सामने तत्काल विवाह कर लेंगे। सेबेस्टियन उसके प्रस्ताव से सहमत हो गया और दोनों का विवाह हो गया। सेबेस्टियन ने एंटोनियो को खोजने और उसे अपने सौभाग्य का समाचार सुनाने के लिए अपनी पत्नी से कुछ समय का अवकाश माँगा।

जिस समय यह सब हो रहा था, उसी बीच ओर्सिनो वियोला को अपने साथ लेकर ओलिविया से मिलने उसके घर पहुँच गया। ड्यूक के ओलिविया के घर पहुँचने के बाद न्याय विभाग के अधिकारियों ने कैदी को राजा के समक्ष प्रस्तुत किया। एंटोनियो ने ड्यूक को तत्काल बताया कि किस प्रकार उसने इस युवक की समुद्र के खतरे से रक्षा की थी। लेडी ओलिविया उसी समय अपने घर से बाहर निकल गई और जब उसने सिजेरियो से बात की तो उसका प्रेम हिलोरें ले रहा था। ड्यूक को जब इस बात का पता चला कि उसके सेवक ने उसके प्रेम को चुरा लिया था तो वह घृणा से भर गया। उसके क्रोध से संकेत मिला कि वह सिजेरियो को तत्काल मृत्युदंड दे देगा।

"यदि मेरे स्वामी मुझे मृत्युदंड देने का चुनाव करते हैं तो मैं खुशी-खुशी मौत को गले लगा लूँगा।" वियोला ने वीरतापूर्वक उत्तर दिया, क्योंकि ओर्सिनो के प्रति उसके प्रेम ने उसे अत्यंत मजबूत बना दिया था।

"नहीं! सिजेरियो मेरा पति है!" ओलिविया ने ऊँची आवाज में कहा और पादरी को बुला लिया, जिसने इस बात की पुष्टि की कि उसने दो घंटे पूर्व उन दोनों का विवाह कराया था।

"मेरा विवाह लेडी ओलिविया के साथ नहीं हुआ है।" सिजेरियो ने विरोध जताते हुए कहा। किंतु ड्यूक ने उसके ऊपर विश्वास करने से इनकार कर दिया।

इसके बाद सर्वाधिक विचित्र घटना हुई! दूसरे सिजेरियो ने दृश्य में प्रवेश किया और ओलिविया को अपनी पत्नी के रूप में संबोधित किया। वह कोई और नहीं, बल्कि सेबेस्टियन था! सेबेस्टियन भी अन्य लोगों की तरह चकित था, क्योंकि वियोला ठीक उसी की तरह दिखाई दे रही थी। वियोला ने सेबेस्टियन को पहचान लिया, लेकिन सेबेस्टियन वियोला को नहीं पहचान पाया, क्योंकि वह पुरुष का वेश धारण किए हुए थी। जब वियोला ने सेबेस्टियन के सामने स्पष्ट किया कि वह कौन थी, तो सभी लोग ओलिविया के एक स्त्री से प्रेम करने के लिए उसके ऊपर खिलखिलाकर हँस पड़े। लेकिन जब ओलिविया को यह पता चला कि उसने बहन की बजाय उसके भाई के साथ विवाह किया था तो उसे कोई दुःख नहीं हुआ।

सेबेस्टियन के साथ उसका विवाह हो जाने के कारण ओलिविया के साथ विवाह करने की ओर्सिनो की सभी आशाएँ धूमिल हो गईं। अब उसका सारा ध्यान उसके प्रिय सिजेरियो पर केंद्रित हो गया। वियोला की ओर देखते हुए उसे स्मरण हुआ कि वह हमेशा यही सोचता था कि सिजेरियो कितनी सुंदर थी! उसे यह भी याद आया कि उसने उससे कई बार कहा था कि वह उससे प्रेम करती थी और उस समय उसने केवल यही सोचा था कि वह केवल एक कर्तव्यनिष्ठ सेवक के रूप में ऐसा बोलता था। अब ओर्सिनो को महसूस हुआ कि उसके कहने का अर्थ उससे आगे बढ़कर था। ओर्सिनो को उसकी अनेक छोटी-छोटी बातें भी याद आईं, जिनका दोहरा अर्थ था। 'मैं कोशिश करूँगा और वियोला को अपनी पत्नी बनाऊँगा।' ओर्सिनो ने अपने मन में सोचा। वह अब भी

वियोला को 'सिजेरियो' और 'बालक' कहकर संबोधित करने से खुद को रोक नहीं पाया।

"बालक, तुमने मुझसे हजारों बार कहा था कि तुम किसी युवती से प्रेम करने में समर्थ नहीं हो। क्या तुमने ऐसा नहीं कहा था?" ओर्सिनो ने वियोला से कहा। "अच्छी बात है, तुमने अपने स्वामी की अब तक जो सेवा की है। अब तुम अपने स्वामी की पत्नी बनोगी!"

ओलिविया अब यह देखकर प्रसन्न थी कि ड्यूक का ध्यान अब वियोला पर था। उसने उन सबको अपने घर में आमंत्रित किया। उसने अपने उस पादरी को भी बुला लिया, जिसने उसी दिन सुबह उसका और सेबेस्टियन का विवाह करवाया था। इस प्रकार, दोनों जुड़वाँ बहन-भाई सेबेस्टियन एवं वियोला दोनों का विवाह भी एक ही दिन हो गया। जिस समुद्री तूफान एवं जहाज दुर्घटना ने दोनों को अलग कर दिया था, वहीं उसने दोनों के सौभाग्य तक तैरकर पहुँचने का मार्ग भी प्रशस्त किया। वियोला का इलीरिया के राजा ओर्सिनो के साथ प्रसन्नतापूर्वक विवाह हो गया और सेबेस्टियन अब एक अमीर व खूबसूरत महिला ओलिविया का गौरवान्वित पति बन गया था!

□

प्रश्न

अध्याय-1 : समुद्री तूफान

1. प्रास्पेरो कौन था? वह किसके साथ और कहाँ रहता था?
2. कैलिबान कौन था? एरियल उसके साथ क्यों और कैसे निर्दयतापूर्ण व्यवहार करता था?
3. फर्डिनैंड कौन था? प्रास्पेरो ने उसकी परीक्षा कैसे ली और उसने ऐसा क्यों किया?

अध्याय-2 : एक अर्धग्रीष्म रात्रि का स्वप्न

1. एथेंस शहर का वह विचित्र कानून क्या था? क्या आप सोचते हैं कि वह कानून उचित था? उसके विषय में आप अपने तर्क दीजिए।
2. परियों के राजा और रानी कौन थे? उनके बीच आपसी विवाद क्यों हुआ था?
3. स्पष्ट कीजिए कि लिसेंडर और डिमित्रियस दोनों हेलेना के प्रेम में कैसे पड़ गए? हेलेना की प्रतिक्रिया क्या थी?

अध्याय-3 : निरर्थक भाग-दौड़

1. इस कहानी में दो लोग, जो एक-दूसरे को अत्यधिक नापसंद

करते थे, वे अचानक एक-दूसरे को पसंद कैसे करने लगे? आप अपने शब्दों में इसका विवरण दीजिए कि ऐसा कैसे हुआ?

2. क्या आपके विचार से बेनेडिक और बीट्राइस का वैवाहिक जीवन खुशहाल होगा? कारण सहित स्पष्ट कीजिए।
3. आपके विचार से, इस नाटक का शीर्षक 'निरर्थक भाग-दौड़' क्यों रखा गया? विवरण सहित स्पष्ट कीजिए।

अध्याय-4 : जैसा आप चाहें

1. कुश्ती के मैच में भाग लेनेवाले प्रतिभागी कौन थे? फ्रेडरिक ने सेलिया और रोजालिंड से यह क्यों कहा कि वह अपने युवा पहलवान से बात करे?
2. ओरलैंडो को अच्छी शिक्षा से वंचित क्यों रखा गया था? उसने अपने आप को सफल बनाने के लिए क्या किया?
3. रोजालिंड ने एक पुरुष का वेश क्यों धारण किया? उसने यह कार्य कैसे किया और उसने अपना क्या नाम रखा था?

अध्याय-5 : वेनिस का व्यापारी

1. 'वेनिस का व्यापारी' के नाम से किसे जाना जाता था? शाइलॉक नामक यहूदी से उसके घृणा करने का क्या कारण था?
2. बासैनियो किस कारण से एंटोनियो से पैसे उधार लेना चाहता था? एंटोनियो ने किससे पैसे उधार लिये और क्यों?
3. संक्षेप में बताइए कि पोर्टिया ने एंटोनियो को शाइलॉक और मौत के जबड़े से कैसे बचाया?

अध्याय–6 : मैकबेथ

1. क्या भविष्य में देख पाना संभव है, जैसाकि तीन चुड़ैलों ने किया था? यदि हाँ, तो आपके ऐसा सोचने का क्या कारण है?
2. बैंको कौन था? मैकबेथ ने उसकी हत्या क्यों की थी?
3. आपकी दृष्टि में डंकन की हत्या के लिए सर्वाधिक दोष किसे दिया जाना चाहिए—लेडी मैकबेथ, चुड़ैलों या स्वयं मैकबेथ को? मैकबेथ ने डंकन की हत्या क्यों की? अपने उत्तर के समर्थन में कारण दीजिए।

अध्याय–7 : बारहवीं रात या जैसी तुम्हारी इच्छा हो

1. वियोला ने पुरुष का वेश धारण करने का निर्णय क्यों लिया?
2. ओर्सिनो कौन था? वह अभी तक अविवाहित क्यों था?
3. संक्षेप में बताइए कि सेबेस्टियन के साथ इलीरिया पहुँचने के बाद क्या हुआ?

□□□